cass

Seiko Ito

Das Roman verbot ist nur zu begrüßen

Roman

Aus dem Japanischen übersetzt
und mit einem Nachwort versehen
von Jürgen Stalph

cass

Originaltitel: *Shosetsu-kinshirei ni sando suru*
by Seiko Ito

First published in Japan in 2018
by Shueisha Inc., Tokyo
This German edition published
by arrangement with Shueisha Inc., Tokyo

Die Übersetzung aus dem Japanischen
wurde mit Mitteln des Auswärtigen Amts
unterstützt durch
Litprom e. V. – Literaturen der Welt

ISBN 978-3-944751-26-9

Erste Auflage 2021

Lektorat: Hans Peter Jugl
Umschlaggestaltung und Satz:
Victor Balko, Frankfurt am Main
Druck und Bindung:
CPI books GmbH, Leck

Printed in Germany
www.cass-verlag.de

[redacted] [redacted]

1

Ich muß kurz eingenickt sein, aber jetzt geht es wieder. Ich bin hellwach.

Ich darf Sie herzlich bitten, diesen Zeilen Ihre Aufmerksamkeit zu schenken. Es geht um nichts Schwieriges.

Auf dem Archipel wird offenbar seit jeher »die Zeit, in der die gefrorenen unterirdischen Wasseradern in Bewegung geraten«, kalendarisch der mittleren der drei als *shōkan* (»Kleine Kälte«) bezeichneten Pentaden zugeordnet.

In diesem Jahr fällt diese zweite Pentade, während derer ich dies schreibe, in die, wie ich mich anhand des Heftchens *Requies*, dieses sorgsam Blatt für Blatt kopierten und mit Metallklämmerchen handgehefteten Zirkulars, das auch Sie rezipieren, überzeugt habe, erste Dekade des Januars.

Requies – der uns Inhaftierten einzige Informationsquell und wirklicher Seelentrost. In der Januarnummer des Heftchens waren, Sie werden sich erinnern, vorne zwei verschiedene Kalender abgedruckt.

Apropos Januarnummer: An den Brauch, Zeitschriften einen vollen Monat vorzudatieren, werde ich mich, obwohl ich lange mit dem Verlagswesen zu tun gehabt habe, nie gewöhnen. Die Dezembernummer nennt man Neujahrsausgabe, die Januarnummer heißt Februarausgabe. Von den vielen diesbezüglichen Erklärungen gefällt mir jene am besten, welche besagt, daß die landesweite Auslieferung früher viel Zeit in Anspruch genommen und man deshalb einen Monat Vorlauf habe einkalkulieren müssen.

Wie dem auch sei: Laut der in der (im Dezember des vergangenen

Jahres distribuierten) Januarnummer des Jahres 2036 abgedruckten Tabelle wird im Mutterland die besagte Taubewegung der Eisadern der letzten Pentade des der »Kleinen Kälte« vorangehenden Wintersolstitiums zugeordnet, das heißt den Tagen zwischen dem 31. Dezember des letzten und dem 4. Januar diesen Jahres, was bedeutet, daß sich diese jahreszeitliche Veränderung auf unserem ostperipheren Archipel mit zehntägiger Verspätung bemerkbar macht.

Tatsächlich beträgt die Differenz zwischen der Hauptstadt des Mutterlandes und der Neuen Hauptstadt des Archipels, in nördlicher Breite ausgedrückt, circa vier Grad. Global gesehen liegen die beiden Städte also auf ähnlicher Höhe, wie etwa auch Shanghai und Yokohama. Gleichwohl bedeutet diese Differenz von nur vier Grad eine zeitliche Verschiebung von zehn Tagen und wirkt sich auf die kontinentalen Eisadern aus. Pro Breitengrad kann also auf der nördlichen Halbkugel die Eislöse um je zweieinhalb Tage differieren.

Der Betonboden meines Zimmers, in dem ich solcherlei Gedanken über die gewaltige Natur nachgehe, ist allerdings noch kalt wie ein Eisblock. Daß chthonisches Tauwetter herrschen soll, ist kaum zu glauben. Ob es daran liegt, daß ich mich im Erdgeschoß des nach Nordwesten gehenden Sammeltraktes befinde? Wie ist es bei Ihnen, verehrte Leser, in Ihren hier und da im Ostteil des Archipels verstreuten Unterkünften?

Ungeachtet der Erfrierungen, die ich mir möglicherweise zuziehen werde, presse ich, das Heft und den Füllfederhalter in den Händen, mein rechtes Ohr auf den grauen Betonboden, um festzustellen, ob unterirdisch tatsächlich ein *Fließen* zu vernehmen ist, kann aber nichts, nicht das geringste hören, was auf eine wie auch immer geartete Bewegung schließen ließe.

Gleichwohl höre ich, man weiß ja nie, noch konzentrierter hin; da dringt von der anderen Seite, das heißt in mein freies linkes Ohr, von draußen Vogelgezwitscher. Gezwitscher von diesen, na, von diesen braunen, getüpfelten Gesellen. Von Spatzen, ganz recht. Von jenen Vögeln, die mit dem Menschen leben und deren feines Piepen den Frühling ankündigt.

Ich erhebe mich und gehe zu meinem Stuhl zurück, wobei ich, wie immer, taumele. Das Alter! Ich neige dazu, zu vergessen, daß ich bald fünfundsiebzig werde. Denn da ich, abgesehen von Kleinigkeiten wie einem Hallux valgus, einer Magenübersäuerung und einem leichten Glaukom, an denen ich seit langem laboriere, nie ernstlich krank gewesen bin, fühle ich mich geistig jung wie je.

In meinem rechten Bein habe ich allerdings vom Knie abwärts so gut wie kein Gefühl mehr (was heißt, daß der Hallux valgus keine Rolle mehr spielt). Auch das linke Bein und beide Arme sind aufgrund der Kälte steif geworden. Mein Ohr, das ich eine Weile auf den Betonboden gepreßt hatte, brennt wie über Feuer geröstet, und das ist beileibe kein gutes Brennen. Es steht zu befürchten, daß es über kurz oder lang so taub wird wie mein rechtes Bein.

Im Augenblick reagiere ich allerdings empfindlich auf die feuchte Außenluft. Es scheint Regen zu geben. Das zeigt die in der Feuchte Bläschen bildende kalte Luft klar an. Sie kommt offenbar von dem oben außer Reichweite angebrachten, mit einer dicken Plexiglasplatte nicht ganz abgedichteten Gitterfenster herein. Wenn ich mich unter das Fenster stelle, zieht wie unsichtbarer Dunst Kälte die weiße Wand herab. Auch durch die unten vergitterte Eisentür auf der gegenüberliegenden Seite zieht es herein.

Mir kommt es so vor, als hätte ich zu wenig Schlaf. Aber das ist Einbildung, tatsächlich schlafe ich ja. Wie eben noch zum Beispiel.

Ich bin mit meinem Leben hier recht zufrieden. Für mein Bett, das rechts neben der Eisentür steht, ein schlichtes Metallgestell mit einer Futonmatratze, hat man mir gesondert drei warme, flauschige

Wolldecken zukommen lassen. Nachts, wenn ich wegen Harndrangs aufstehe, zur Toilettenschüssel auf der anderen Seite schlurfe, mich setze, zurückgehe und wieder schlafe, oder wenn ich nach dem Frühstück mit dem Rücken an der kalten, glatten Wand lehne und döse, zieht es mir kalt in den Nacken.

Es ist kein Schlafen und kein Wachen. Fast kommt es mir so vor, als bestünde zwischen dem einen und dem anderen kein großer Unterschied mehr.

Im Alter schläft man früh, hat beim Erwachen stets Nacht
Und vor den Jahren noch nimmt Krankheit dir die Kräfte

Bai Juyi, der Dichterfürst des großen Mutterlandes, schreibt wahrhaft bewegende Verse.

In einem fragwürdigen Geschichtswerk des ostperipheren Archipels, den *Annalen* [redacted]*s*, bringt ein warmherziger Fischer namens Urashima Tarō aus dem Meer ein Schatzkästlein mit nach Hause, das ihm beim Öffnen ewige Jugend und Unsterblichkeit schenkt; ein solch kostbares Kästchen habe ich natürlich nicht …

Tiefer Schlaf ist wahrlich eine Gabe der Jugend. Unsere Träume sind zu nichts nütze und kurz. Tag um Tag häuft sich ins Dunkel, raubt uns die Energie und läßt uns verdorren wie einen alten Baum. Und auch die Kraft, klaren Auges zu erwachen, gehört euch, der Jugend. Ihr seid es, für die ich diesen Essay schreibe.

Wenn ich also mit diesen knotigen Fingern um eine weitere Decke für mich alten Mann schriebe, wie träfe sie ein? Als mattes Abbild ihrer selbst in meiner Phantasie, oder an der Tür dieses Zimmers, in der Realität, physisch und warm?

*

Nein, so geht das nicht.

Das ist irgendwie zu romanhaft.

Daß ich diese Art zu schreiben offenbar immer noch nicht abgelegt habe, ist erschreckend.

Ich will diesen Text ja ungezwungener vorantreiben, im Freiformat.

Freiformat – ein ganz und gar a-novellistisches Wort, das hier aufgegriffen sei. Im Zusammenhang mit Unterhaltungsprogrammen wurde es früher gern von Fernsehleuten benutzt. Ob das immer noch so ist, weiß ich allerdings nicht. Damals hatte ich des öfteren mit dieser Branche zu tun, aber ob heute überhaupt noch gesendet wird, und wenn, ob es noch Unterhaltungsprogramme gibt, davon habe ich keinerlei Kenntnis.

Aber was heißt das nun, Freiformat?

Im Gegensatz zu in bestimmten starren Rahmen sich abspielenden Programmen, solchen zum Beispiel, bei denen die Teilnehmer oder Kandidaten gemeinsam auf Fragen des Moderators antworten oder einer einzelnen Person die Explikation einer ihm gestellten Aufgabe überantwortet wird, bezeichneten wir als Freiformat ein sendungseinleitendes improvisiertes Geplauder oder frei assoziierende Gesprächsrunden nach einer Bild- oder Filmeinspielung, das heißt einen von jeder Einschränkung oder Bindung freien Zustand. Manche nannten auch jedes nicht sonderedierte Programm, mithin alle normalen Sendungen so. Freiformat. Das Wort weckt liebe Erinnerungen.

Wer dieses Format beherrschte, war in der Fernsehwelt eine Größe.

Dabei fällt mir ein anderes Fachwort der Branche ein, das ich sehr mochte: ex tempore. Man kommt völlig unbeleckt zur Aufnahme, ohne jedes Vorwissen und ohne jede Erläuterung zum Programm.

Man schaut sich um, erfaßt in Windeseile, was von einem verlangt wird, spricht, erzeugt Lacher, gibt etwas dem Wesenskern der Sendung Gemäßes von sich und geht nach Hause. Je weniger Informationen man hat, desto erfrischender die Reaktionen der Zuschauer. Auch wer das konnte, war in der Fernsehwelt, anders als woanders vielleicht, hoch angesehen.

Was ich hier zu Papier bringen möchte, ist genau das: ein Freiformat ohne Netz und doppelten Boden, ein extemporierendes Parlando ohne festen Plan. Mit anderen Worten: einen Essay. Den idealen Essay. Ich möchte, wie einst die großen Unterhaltungsprogrammkünstler, frei und lebendig schreiben, was und gerade wie es mir in den Sinn kommt.

Zugleich – und das ist das Wichtigste überhaupt – möchte ich meine entschiedene Ablehnung von allem unter der Bezeichnung »Roman« Erdichteten, von allem, was sozusagen das genaue Gegenteil des Freiformatigen ist, zum Ausdruck bringen. Schließlich, das darf ich sagen, war ich von allen *hommes de lettres* der erste, der das jüngst vom Neu[redacted]amt der Asiatischen Union dekretierte Romanverbot bejubelt hat.

Mein Ziel ist, in einem schlichten, verständlichen Essay aufzuzeigen, daß es sich bei festgelegten Handlungsabläufen, bei anschaulich erdachten Beschreibungen des Wesens und der Geheimnisse des Lebens, beim tiefen Nachspüren der conditio humana um nichts weiter handelt als Lug und Trug.

Als Angehöriger einer geschlagenen Nation halte ich das für meine selbstverständliche Pflicht.

*

Ihnen in den anderen Zimmern, in denen, wie ich höre, dieses Heftchen *Requies* verteilt wird, und möglicherweise Ihnen, die Sie sich in Haftanstalten anderer Regionen befinden, darf ich, vor allem den jüngeren, an dieser Stelle etwas zu meiner Person nachtragen, denn kaum jemand von Ihnen wird mit meinem Werdegang vertraut sein.

Ich, Nummer 86, Einzelzellenhäftling in Sammeltrakt 3, Zone [redacted], habe in meinen frühen Vierzigern von einem damals auf diesem Archipel existent gewesenen großen Verlag als »Essayist« einen Preis bekommen und dafür steuerfrei eine Million Yen (was heute einem Wert von etwa 1,2 Millionen entsprechen dürfte) eingestrichen.

Bei dem prämierten Werk handelte es sich, nebenbei bemerkt, um persönliche Aufzeichnungen, die ich eigentlich nur in den digitalen Raum gestellt hatte – Aufzeichnungen zu den Pflanzen, die ich unter dem Vordach der Wohnsammeleinheit, in der ich damals wohnte, in einer Reihe von Blumentöpfen gezogen und verdorren lassen habe. Daß diese Notate einmal gedruckt würden, hatte ich im Traum nicht gedacht, viel weniger noch, daß ich dafür eine Belohnung bekommen würde.

Es müssen, wenn ich so zurückdenke, an die vier-, fünfhundert Topfpflanzen gewesen sein. Überlebt hat nur ein gutes Dutzend. Diesem Hobby, diesem *Pflanzenmord*, ging ich, wie mir jetzt scheint, mit geradezu idiotischer Hingabe nach.

In der Jahreszeit, die wir gerade erleben, dürften unten unter dem Vordach meiner alten Wohnsammeleinheit, die im jetzt anscheinend Sonderbestandszone genannten Ostteil der Alten Hauptstadt des Archipels lag, die Adonisröschen keimen.

Adonisröschen sprießen um den Jahreswechsel immer, selbst bei aufgrund klimatischer Unregelmäßigkeiten dauerüberschwemmter oder, umgekehrt, pechschwarz verfärbter Erde. Die Knollen sind zäh. Sie treiben gelbgrüne Sprößchen, und dann öffnen sich liebliche gelbe Blüten, als hätten sie lange, lange unter Wasser den Atem angehalten und streckten nun endlich die Köpfchen heraus, um mit ihren feinen gelben Blütenblättern, die sich auf einen Schlag entfalten, tief Luft zu schöpfen.

Und die Hyazinthe, ach! Auch sie ist typisch für diese Jahreszeit. Die Hyazinthe, dieses traute Gewächs! Hat man Sie nicht alle in der Grundschule in Hydrokultur diese Gartenpflanze ziehen lassen? Man legt die kleinen, zwiebelähnlichen Knollen in ein durchsichtiges Gefäß und bedeckt sie halb mit Wasser. Dann stellt man sie, um durch Kühlung die Blütezeit vorzubereiten, in den Kühlschrank. Die Knollen glauben, ein strenger Winter stehe bevor, ziehen sich fest in sich zusammen und verfallen in eine Art Scheintod, einen Zustand zwischen Schlaf und Wachen.

Wenn man sie dann Ende Dezember im Zimmer der Sonne aussetzt, glauben die Knollen, der Frühling sei da. Sie haben einen lebensbedrohlichen Winter überstanden und brechen jetzt eilig an der Spitze auf, treiben ein hellgrün glänzendes, schnabelähnliches Sprößchen hervor, das fleißig in die Höhe rankt und gleichzeitig viele Knospen ausbildet, die alsbald in schöner Ballung erblühen. Diese kindlichen wissenschaftlichen Versuche fesselten mich, ich wiederholte sie immer wieder, bis ich so viele Knollen hatte, daß ich sie, weil ich sie nicht wegwerfen wollte, unter dem Vordach deponierte, in Zeitungspapier gewickelt. Einige, die das Feuer überstanden haben, dürften völlig vertrocknet immer noch dort herumliegen.

Sollten Freigänger unter Ihnen sein, legen Sie die Knollen bitte, wenn Sie sie finden – ich schenke sie Ihnen –, in Wasser. In den Kühlschrank brauchen Sie sie nicht zu stellen.

Sie keimen, glauben Sie mir.

*

Ich bin ein wenig abgeschweift, Verzeihung.

Lassen Sie mich zum Preis zurückkommen.

Was man mir gibt, nehme ich. Das habe ich immer so gehalten, und so halte ich es bis heute.

Zudem gab es damals ein antiquarisches Buch, das ich unbedingt hatte haben wollen. Es war extrem teuer. Es handelte sich um eine Anfang des zwanzigsten Jahrhunderts in Paris in einer Auflage von nur tausend Stück von einem als »Vater der modernen Kunst« titulierten Franzosen herausgegebene Schachstudie, die der Frage nach dem besten Zug in einem Bauernendspiel nachgeht, schachnotationell in gewisser Weise dem Gipfel der Langeweile. Mir aber schien, daß gerade diese Beschäftigung mit der Langeweile ein Hinweis sei, der zu den das ganze Leben dieses modernen Künstlers bestimmenden Kernfragen führen würde.

In der zweiten Hälfte desselben zwanzigsten Jahrhunderts brachte ein äußerst sehniger Mann irischer Abstammung, seinerseits als »Vater des modernen Theaters« bezeichnet, solch ein Schachendspiel auf die Bühne. Die beiden Männer kannten sich und haben in Paris tatsächlich einmal zusammen eine Partie Schach gespielt. Es ist nicht ausgeschlossen, daß sie sich realiter über philosophische Aporien unterhalten haben.

Das Bühnenstück trug eben den Titel *Endspiel*, und ich erinnere mich, daß vier Personen darin auftreten. Der Hausherr, blind und im Rollstuhl sitzend, dessen Eltern, in großen Metallfässern hockend, und ein Diener, der als einziger frei nach draußen blicken kann. Es sprechen allerdings im wesentlichen nur der Herr und der Diener, die sich inniglich begeifern, sonst nichts. Im Raum gibt es nicht die geringste Veränderung.

Genau wie bei den Königen und Bauern auf dem Brett.

Hier gibt es allerdings zu dem uns geläufigen Shōgi beziehungsweise zu dem den Herren Staatsbeamten im Mutterland, die dies vielleicht lesen, sicherlich wohlvertrauten Xiangqi einen fundamentalen Unterschied: Im Schach kann der sogenannte Bauer nur die schräg vor ihm stehende Figur schlagen. Wenn er in seiner Lauflinie auf einen anderen Bauern trifft, sei es Feind oder Freund, ist er in seiner Streitwut blockiert. Bis eine andere Figur ihn oder den anderen Bauern aus dem Weg räumt.

Wenn es zu einem Endspiel bloß mit den Königen und Bauern kommt, können sich mithin nur die Könige frei bewegen. Diese versuchen, die unbeweglichen Bauern von der Seite oder von hinten zu schlagen. Gelingt das, kann der eigene Bauer ungehindert ins gegnerische Feld vordringen und wird, sobald er die letzte Reihe erreicht, in die stärkste Figur, die Dame umgewandelt. Damit ist die Niederlage des Gegners besiegelt. Er kann nur aufgeben.

Folglich muß auch der gegnerische König ständig im Auge behalten werden. Die Könige stehen sich allerdings nie unmittelbar gegenüber, sie müssen mindestens ein freies Feld zwischen sich haben. Da ein weiterer Schritt hieße, freiwillig in den Tod zu gehen, was dem König im Schach verboten ist, kann er nie das dem anderen nächstgelegene Feld besetzen. Was bedeutet, daß, wenn der eine sich ein Feld in gleich welche Richtung vom Bauern wegbewegt, auch der andere sich wegbewegt. Und daß er, wenn der andere näherrückt, ebenfalls näherrückt. Da nun, dies kommt hinzu, die Wiederholung derselben Züge zum Patt führen würde, variieren die Könige jedesmal ein wenig das Gewoge ihrer Bewegungen. Gingen sie eben nach links, gehen sie jetzt schräg nach rechts. Und immer schließt natürlich der eine die vom anderen eröffnete Lücke. So kreisen die Könige umeinander, beginnen quasi, auf dem Brett einen Reigen zu tanzen.

Einen geregelten Reigen, um dem Tod zu entgehen. Mit gleichsam stets über den Boden sich ziehender Schleppe. Jede Unachtsamkeit jedoch, jeder falsche Schritt bedeutet den Tod.

Ich glaube, daß sowohl der große französische Künstler der Moderne wie auch der epochale irische Dramatiker fasziniert waren von dem in diesem Tanz steckenden Thema der Langeweile, von der Bedeutungslosigkeit der im Leben auftretenden winzigen Veränderungen, von der Merkwürdigkeit der Regel, am Leben bleiben zu müssen.

Ich weiß noch, daß jenes wunderschön gedruckte alte, das Endspiel im Schach behandelnde Buch damals sechshunderttausend Yen gekostet hat. Hinten hatte es eine Reihe halbdurchsichtiger, schachbrettartig linierter Wachspapierseiten, auf denen mit schwarzer und roter Tusche die Bewegungsmuster der Könige markiert waren, so daß man durch das Papier hindurch die jeweils nächsten Züge hat sehen können. Das erinnert mich stets an das repräsentative Werk des »Vaters der modernen Kunst«, sein aus einer riesigen Glasplatte geschaffenes, unter dem Namen »Das Große Glas« bekannte Kunstwerk.

Nachdem ich gehört hatte, daß ein Antiquariat in Kanda ein Exemplar des Buches habe, ging ich mehrfach hin, um es mir anzusehen, stellte, als ich es ehrfürchtig aufschlug, fest, daß dem Französischen Deutsch und Englisch beigegeben war und dachte, daß in diesem Falle auch ich halbwegs in der Lage wäre, es zu lesen. Nach dem Erwerb des Buches fing ich dann tatsächlich an, es mit meinen mageren, nicht über die eines Mittelschülers hinausgehenden Englischkenntnissen zu übersetzen, verfolgte, wann immer meine Zeit es erlaubte, jeden einzelnen der im Buch notierten, völlig belanglos erscheinenden Züge der Figuren und stellte sie in den digitalen Raum. Diese fünf Jahre waren, auch aus heutiger Sicht noch, meine Wahnsinnsperiode.

Ich hatte allerdings meine Gründe. Seit meinen Studententagen war ich nämlich trunken davon, daß in den Werken der drei mir besonders wichtigen Persönlichkeiten, dem genannten Künstler der französischen Moderne, meinem ebenfalls französischen Lieblingsschriftsteller (ein für seinen Wahnsinn und seinen Suizid berühmter Mensch) und dem verehrten, aus der Schweiz stammenden Begründer der modernen Sprachwissenschaft jeweils eines im Mittelpunkt stand: die Schachmetapher.

Der Begründer der modernen Sprachwissenschaft sagte sogar: »Sprache ist wie Schach. Von diesem Vergleich lasse ich nicht ab.« Ich bildete mir deshalb ein, durch die Lektüre jenes schönen alten Buches das seit Jahrtausenden in der Sprache verborgene Rätsel, das Rätsel der Sprache an sich, lösen zu können.

Allerdings wurde ich damals, was gewiß niemand von Ihnen weiß, wegen eines Filmdrehbuchs, das ich zugesagt, aber mit keiner Zeile in Angriff genommen hatte, verklagt, einseitig schuldig gesprochen und zur Zahlung einer beträchtlichen Entschädigungssumme verurteilt, so daß ich nicht einmal mehr genügend finanziellen Spielraum hatte, mir am Bahnhofskiosk eine Zeitung zu kaufen.

Und in dieser elenden Situation kam die Anfrage, ob ich gewillt sei, einen Essaypreis anzunehmen!

Ich weiß noch, daß ich, da ich mich weder für einen Essayisten hielt noch mich erinnern konnte, je einen derartigen Text geschrieben zu haben, am Telefon nur ein »Häh?« zustande gebracht habe. Als mir aber im selben Telefonat gesagt wurde, daß der Preis mit einer Geldsumme verbunden sei, konnte ich nicht umhin, eine andere Reaktion zu zeigen. »Ich nehme an!« sagte ich so prompt, als hätte ich auf dem Standesamt mein Jawort zu geben. Am Morgen nach dem Eingang des Geldes saß ich schon in der Untergrundbahn Richtung Kanda.

Mein krankhaftes Ansinnen, durch Übersetzen des ersehnten Buches in einem Zuge das Rätsel der abendländischen Sprachen lösen zu können, dürfte auch heute noch im digitalen Raum zu verfolgen sein. Was ich schrieb, war derart weit von allem politisch und gesellschaftlich damals Relevanten entfernt, daß auch später während des Konflikts der [redacted]jahre kein Löschbefehl erging, und selbst heute kann es als völlig harmlose, dumme Spielerei gelten. Gleichwohl fing so alles an: mit meinen Pflanzenmiszellen.

Ich also, dem öffentlich essayistische Begabung bescheinigt und dem das Glück zuteil geworden ist, das unter der Alten Regierung nie je distribuierte Heftchen zu lesen, ich, der ich mich ferner selbst beworben habe, den Richtlinien der Neuen Regierung folgend zur Feder zu greifen, will hier eingehend und so gut ich kann erzählen, was hoffentlich auf Ihrer aller Interesse stößt.

Frei.

Ganz recht: frei und völlig ungebunden.

Denn die Zeit des Unrechts und der Repression ist endlich vorbei.

Mit diesem mir aus der Feder fließenden Text feiere ich das Zeitalter der Neuen Regierung, das Ende letzten Jahres angebrochen ist.

Ich werde, auch um mich bei den Herren Aufsehern zu bedanken, die so freundlich waren, mir mein altes Schreibheft und meinen alten Füllfederhalter, die mir zwölf Jahre vorenthalten worden waren, zu bringen und die jetzt, wenn ich am Tisch sitze und schreibe, gelegentlich von der anderen Seite her ein Auge auf mich werfen, mein Bestes geben.

*

… was mich indes befürchten läßt, daß in den zukünftigen Folgen die Textmenge um einiges zunehmen wird.

Allerdings steht, verehrte Leser, nirgendwo geschrieben, daß ein Essay kurz sein muß. Wohlbekannt sind die Fälle, in denen aus Popularitätszwang Fortsetzungen geschrieben wurden und Fortsetzungen der Fortsetzungen, bis Textmengen entstanden, die denen voluminöser Romane entsprechen. In meiner Zeit waren es so wunderbare Literaten wie Dan Ikuma und Shōji Sadao, die ihre Schriften endlos weitergesponnen haben.

Das Genre begründete, wie Sie wissen, der hochberühmte französische Renaissance-Denker Montaigne mit seinem Lebenswerk, den sich über viele Bände erstreckenden *Essais*. Es ist also keineswegs internationaler Konsens, daß Essays kurz sein müssen, kurz wie die alten Schriften des ostperipheren Archipels, die *Aufzeichnungen aus meiner Hütte* des Kamo no Chōmei zum Beispiel oder die vor Esprit sprühenden Miszellen der Hofdame Sei Shōnagon.

Der Essay bietet seit jeher immense Möglichkeiten. Es gibt Werke, die wir für philosophische Schriften hielten, die tatsächlich aber Essays sind. Der für unseren ostperipheren Archipel repräsentative Kritiker Karatani Kōjin hat den Großteil seiner Werke selbst als Essays bezeichnet. Vielleicht gilt das sogar für alle seine Werke.

Die Aneinanderreihung von Kleinigkeiten macht allerdings noch keinen Essay. Im Text das Denken voranzutreiben, ist ein wahrhaft tiefgründiger Prozess.

Der große Vorreiter der Essayistik läutet seine *Essais* mit einem Satz ein, der ganz und gar meinem Vorhaben entspricht. Ich darf ihn zitieren: »Dieses Buch, Leser, gibt redlich Rechenschaft.«

Genau das ist, was ich mit meinem Schreiben möchte: redlich Rechenschaft geben.

Allzu unredliche Satzanhäufungen wie Romane und dergleichen gibt es in der Welt schon genug.

PREISGABE INSTITUTIONELLER INTERNA
BEHANDLUNG: MODERAT
DISZIPLINIERUNG: MODERAT

2

Seit der Ausgabe des Vormonats darf ich mich zu den *Requies*-Beiträgern zählen. Ich melde mich zurück.

Bis zur letzten Folge dieser Essayserie werde ich, der ich, wie in der vorigen Ausgabe erwähnt, bei dem von einer wichtigen Behörde unserer Asiatischen Union erlassenen *Romanverbot* beide Arme gehoben hat, den Lug und Trug des Romans an sich aufdecken.

Das wird möglicherweise ein Jahr in Anspruch nehmen. Vielleicht auch zwei. Bis zur Erfüllung dieser Aufgabe kann ich, glaube ich, nicht sterben, und ich bitte darum, die Serie, wenn es irgend geht, nicht vorher einzustellen. Ich übermittle von meinem Zimmer aus nur die Wahrheit, nichts als die Wahrheit. Sollte etwas darauf hindeuten, daß ich meiner Pflicht nicht zur Genüge nachkomme, bitte ich Sie herzlich, mich davon in Kenntnis zu setzen.

Wohlan. Der Roman.

Der verabscheuungswürdige Roman.

Das Genre, das es nicht geben sollte.

Wer in aller Welt sollte noch so etwas schreiben wollen? Der Gedanke allein läßt mich frösteln.

Schauen wir uns zum Beispiel den folgenden dubiosen Satz an: »Ja, das stimmt.«

Man hört eine Stimme. Jemand hinter mir spricht. Allein mit diesem kleinen Satz ist es einen Augenblick lang so, als wäre da jemand. Der Text wird unmerklich romanhaft. Zumindest entsteht beim Leser eine Art Erwartungshaltung, daß irgend etwas anfängt, nicht wahr?

»Ja, das stimmt.«

Sehen Sie?

Die Stimme muß nicht von hinten, sie kann auch von vorne kommen. Oder von jenseits der eisernen Tür.

»Ja, das stimmt.«

Allein dieser Satz läßt irgend etwas sprechen.

Von dem einstigen großen Haiku-Meister Kaneko Tōta ist uns das Wort *mono-meku* überliefert, »dingen«, wenn man so will, oder »ver-dingen«. In den befremdlichen Kurzgedichten des ostperipheren Archipels kommen diverse altertümliche Ausdrücke vor. *Kemono-meku,* »tieren«, ist mir des öfteren untergekommen, und bei feucht-fröhlichen Debatten mit Freunden ist es zu so etwas, wie ich mich erinnere, tatsächlich gekommen, aber *mono-meku* ist selten, ein tiefgründiger Ausdruck.

Tōta bezog sich, glaube ich, auf folgenden, ich weiß nicht von wem stammenden Vers: *Die Waldrebe, verdingte Kontextänderung.*

In einer Unterhaltung glaubt man sich bei diesem Wort augenblicklich in einer anderen Dimension, als würde es nicht von einem selbst, sondern von einer anderen Person gesprochen. Die Waldrebe oder Klematis ist eine Kletterpflanze, die wie ein tierisches Wesen alles in ihrer Umgebung umrankt, große Blüten treibt und diese sozusagen zerfleddernd abwirft, auch das ominös und faszinierend.

Das *mono,* das »Ding« in *mono-meku* ist wohl dasselbe wie das in *mono-no-ke,* »das Gespenst, der (böse) Geist«. Und wohl auch das in *mono-sabishii,* »(irgendwie) einsam, verloren, trüb, wehmütig«. Ein Ding, das nicht Ding ist, das einen plötzlich frösteln läßt, eine Ahnung von etwas Bevorstehendem, ein Gefühl, als führe ein Dämon in einen.

Das Dingende zwängt sich durch einen Spalt ins Bewußtsein. Vielmehr: quillt mit einemmal daraus hervor.

Wovon ich hier spreche, ist ebendiese Art von Spuk: Das mysteriöse Etwas, das sich in den Text einschleicht.

»Ja, das stimmt.«

Da ist es wieder, sehen Sie?

Wo kommt diese affirmative Stimme her?

Hinter mir ist ja niemand, das steht außer Zweifel. Und selbst wenn sich jemand hinter mir aufhielte, würde er niemals auf diese Weise das Wort an mich richten.

Wenn es übrigens, ganz nebenbei, so etwas wie Bücherregale mit den literarischen Werken einer bestimmten Epoche des ostperipheren Archipels gäbe, fände man dort in rauhen Mengen »Romane, deren Figuren sich in die Gegenwart des schreibenden Autors drängen«. Vor allem in der langen, als [redacted]-Ära bezeichneten Epoche, in der Schriftsteller ihren Beruf weiter faßten, über das Schriftstellerische hinaus, in der sich Literatur- und Kunstzeitschriften genannte merkwürdige »Autoritäten« etablierten und Personen, die dort publizierten, geradezu wie Auserwählte angesehen wurden, schrieben Autoren unentwegt derartige Kurzgeschichten. Und die belanglosen Aufzeichnungen von Gesprächen zwischen Kollegen der schreibenden Zunft und/oder Herausgebern lassen sich nicht einmal zählen (was ich, der ich seit einem guten Dutzend Jahren in diesem Zimmer sitze, allerdings ohnehin nicht könnte).

Wie dem auch sei. Warum »dingt« es, sobald jemand auftaucht, der »Ja, das stimmt« sagt?

Natürlich muß es nicht unbedingt ein bejahender Satz sein. In einer im neunzehnten Jahrhundert in den [redacted] veröffentlichten, von einem »Schreiber« handelnden Erzählung (der Autor des »Weißen Wals« verfaßte auch absurde Possen) murmelt die rätselhafte Hauptfigur zum Beispiel ständig *Ich möchte lieber nicht*.

Jemand spricht diese Person an, verlangt etwas von ihr. Dann antwortet der Kauz: »Ich möchte lieber nicht.«

Wenn jemand so etwas schreibt und der Leser es liest, stellt sich unmittelbar, wenn auch je nach Leser in graduell verschiedener Intensität, etwas Dingendes ein.

Man hat dieses nicht geheure belletristische Phänomen gern mit dem Wort »Einfühlung« zu erklären versucht, aber bitte, was soll das? Fühlt sich der Leser plötzlich in die hinter ihm aufgetauchte Person, von der wir immer noch nicht wissen, wer sie ist, ein?

Drückt man es allerdings mit einem Wort wie »Einsinnung« aus, einem Wort, das nicht einmal existiert, kommt man der Wahrheit näher. Wenn der Leser in direkter Rede Geschriebenes liest, *hört* er in seinem Kopf leise eine Art Ton. Als Nachhall der Zeit, als der Mensch das stumme Lesen noch nicht beherrschte und jeden Text zur Gänze laut intonierte, formt er bei direkter Rede in seinem Kopf noch immer eine Art vortonlichen Ton (den ich in den literaturkritischen *Filagen für Anfänger*, die ich einmal geschrieben habe, »Imagiton« nenne).

Der Mensch hat dann die schwache, ganz schwache Vorstellung, daß da tatsächlich jemand spricht. Das ist um so mehr der Fall, wenn er die direkte Rede – die gesprochene Sprache – in Abgrenzung zu anderen Textteilen verständlich stumm zu lesen versucht.

Bei getreulichem Lesen wird »Ja, das stimmt« im Hirn dann zu so etwas wie »Ja-as schtim«. Versuchen Sie es einmal. Ein Ton, der keiner ist, entsteht, oder sagen wir: Es kommt zu einem ganz ähnlichen Sinneseindruck wie bei einer tatsächlichen stimmlichen Äußerung.

Die moderne Literatur, die mit der langen Tradition der mündlichen Überlieferung gebrochen hat und unermüdlich nurmehr den Weg zu aus Schrift gebauten Welten verfolgt, hält so in Wirklichkeit doch noch an einem quasi Leseton fest.

Sie macht sich listig eine Sinnestäuschung zunutze und bringt so real Anmutendes hervor.

*

Gehen wir noch einen Schritt weiter. Wie ist es bei Ihnen bei den folgenden Zeilen?

Eine Frau sagt: »Das solltest du lieber lassen.«

Ein junger Mann antwortet: »Ja, das stimmt.«

Haben Sie das auf subtile Weise anders gelesen? Diejenigen unter Ihnen, die behaupten, nein, nein, alles in einer, in meiner Stimme, darf ich bitten, die beiden Zeilen noch einmal zu lesen. Hat die »Stimme« in Ihrem Kopf bei den beiden Zeilen nicht eine leicht andere Färbung? Haben sich die imaginierten Stimmen, selbst wenn Sie sie in ein und demselben Ton zu lesen vorhatten, nicht unterschieden?

Mit anderen Worten: In der Welt des »Imagitons« wird unterschieden. Der Leser trennt beim Lesen, ganz unbewußt.

Auf diese Weise spaltet der Roman den Leser gewissermaßen und gibt ihm so das Gefühl, die Figur aus dem Werk wäre in der Nähe. Der Schreiber seinerseits glaubt, diese Stimme käme von außerhalb des Lesers. Doch das bildet sich der Schreiber, der Romancier nur ein. Denn er ist der erste Leser seines Romans. Er liest, während er schreibt. Dabei gebiert die Wahrnehmung der »Stimme« in seinem Hirn ein existent scheinendes *mono*.

»Ja, das stimmt.«

Eine Männerstimme, von hinten. Meinetwegen auch von vorne.

»Ich möchte lieber nicht.«

Vielleicht liegt es daran, daß wir schon als Kleinkinder lernen, daß dort, von wo eine Stimme ertönt, jemand ist. Wir sind gezwungen, den Grad der Gefährlichkeit einer im Zimmer auftauchenden Person anhand ihrer »Stimme« einzuschätzen. Wenn keine Gefahr für uns zu bestehen scheint, spitzen wir mit wohlwollendem Interesse die Ohren.

Auf diese Angewohnheit, diese Natur des Menschen scheint der Roman zu bauen.

Wie ist es in dieser Hinsicht mit meinem Essay hier? Bisher habe ich, abgesehen von den schlechten Romanbeispielen, noch kein einziges Mal eine andere Stimme benutzt.

»Dieses Buch, Leser, gibt redlich Rechenschaft.«

Stimmt. Das ist zwar fraglos ebenfalls eine zitierte Stimme, aber sie stammt unleugbar von mir.

Auch wenn ich meine Stimmbänder schon lange eingebüßt und gar keine Stimme mehr habe.

*

Was hat es nun mit dem Schreiben auf sich? Mit dem befremdlichen Zustand, zu dem es gerne führt?

Um uns von dieser Befremdlichkeit zu lösen, müssen wir die Sache von Grund auf betrachten.

Ich schreibe diesen Text mit einem Füllfederhalter.

Mit diesem Schreibgerät setze ich wie eben jetzt ein Schriftzeichen nach dem anderen in das Heft, das man mir zurückgegeben hat.

In anderen Haftanstalten ist das vielleicht undenkbar: schreiben zu dürfen. Ich bin allerdings jener Autor, der früher und leidenschaftlicher als alle anderen den »Romanverbotserlaß« gutgeheißen und die Aufgabe übernommen hat, dessen Billigkeit Ihnen allen in den Sammeleinrichtungen des Landes und letztlich all Ihnen auf dem Archipel, die Sie außerhalb dieser Einrichtungen leben, nahezubringen.

Ich ziehe auf dem weißen, kaum merklich angerauhten Papier mit Tinte eine Linie. Unter dem Druck meiner Finger spreizt sich die Füllfederspitze, und ein Tropfen schwarzblauer Tinte tropft zu dem leicht nach unten gewölbten, wie der Schnabel eines winzigen Vögelchens anmutenden Metallstück. Im richtigen, im genau richtigen Maß. Von diesem Punkt aus ziehe ich senkrechte, waagerechte, diagonale Linien, und ein Schriftzeichen erscheint.

Über diesen obskuren Vorgang möchte ich gemeinsam mit Ihnen allen nachdenken. Über dieses kaum begreifliche, rätselhafte Phänomen der umgehenden Geburt von Bedeutung aus dem Akt des Linienziehens. Denn darin liegt eine der Hauptursachen der Unheimlichkeit des Romans.

*

Ich habe schon Mitte der 1980er Jahre – und war damit wohl einer der ersten auf dem ostperipheren Archipel – Texte auf der Tastatur eines Elektronenrechners getippt.

Ich wohnte damals im Ostteil der Alten Hauptstadt und hatte das Gerät in einem Kaufhaus in Kinshi-chō entdeckt, einem für seine Vielzahl von Geschäften, die Ratenkäufe zuließen, bekannten Viertel. Die monatliche Rate betrug zehntausend Yen, und das für eine Laufzeit von nicht mehr als zwei Jahren! Es war ein Schnäppchen, ein Sonderpreis für ein seltsamerweise gerade hereingekommenes Gebrauchtgerät vielleicht.

Ich erinnere mich an das rebellische, befreiende Gefühl, das ich bei der Eingabe meiner Texte via Buchstabenschrift gehabt habe. Die Menschen auf dem ostperipheren Archipel verwenden eine

Mischschrift aus ideographischen Wortzeichen, den Kanji, und phonographischen Silbenzeichen, den Hiragana und Katakana. Sie deuten sowohl die einen wie die anderen als gleichsam aus der Seele kommend und bringen ihrer Schrift eine Art religiöse Verehrung entgegen.

Durch meinen Eingabemodus könnte ich dieses unwissenschaftliche Hirngespinst einfach über Bord werfen, dachte ich.

Wenn man mittels Tastatur zum Beispiel 蚊 schreiben möchte, wandelt man zunächst im Kopf das Kanji in das Silbenzeichen か um und teilt dieses dann in zwei Zeichen des lateinischen Alphabets, den Konsonanten *k* und den Vokal *a*. Bei der Eingabe entsteht daraus wieder か, und von diesem kommt man zurück zu 蚊 oder, wenn erforderlich, zu anderen *ka* lautenden Zeichen wie 架 oder 火.

Diese Grammatik kam mir so bestialisch und neu vor, daß ich mich an der Speerspitze eines revolutionären Wandels wähnte, der Demontage der Sprache des ostperipheren Archipels.

In meinen späten Vierzigern aber, nach über zwanzig Jahren solchen Zerlegens, kam ich an einen toten Punkt, schlug die Sache ins Gegenteil um. Vielleicht hatte die ständige innerliche Zerlegung ideographischer Zeichen ein Trauma ausgelöst. Jedenfalls hörte ich auf, Romancier zu sein. Fiktion zu schreiben war mir unmöglich: Mein Hirn verweigerte den Dienst. Alle Wörter waren zu Konglomeraten bedeutungsloser Zeichen verkommen.

In meinen späten Fünfzigern dann, das heißt Anfang der 2020er Jahre, als sich die Zusammenstöße, die schließlich zu den noch immer andauernden territorialen Auseinandersetzungen im Süden führten, kam ich irgendwie in den Besitz dieses Füllfederhalters. Ich weiß noch, wie das in gewisser Weise erwartungsfrohe Gewimmel der unter der Hand erscheinenden Striche unversehens stets als Schrift zutage getreten ist. Tatsächlich weiß ich auch heute noch bis kurz vor dem Schreiben nicht genau, was ich zu schreiben gedenke. Es ist, glaube ich, wie beim freien Skizzieren in der Malerei.

Dieses nicht genaue Wissen bis kurz vorher liegt daran, dass die Füllfederspitze die Sicht auf den »Punkt« versperrt, mit dem ein Strich beginnt. Tatsächlich ist es beim handschriftlichen Schreiben unmöglich, diesen Anfang mit den Augen zu verfolgen, selbst wenn man weiß, welches Zeichen man schreiben möchte.

Wenn man zum Beispiel genau in der Verlängerung der Sichtachse der Augen ein Hiragana い schreiben möchte und links oben zunächst den Punkt setzt, verdeckt dabei die Federspitze ein wenig den darunter liegenden Raum. Zieht man weiter nach unten, wird die entstandene Linie sichtbar. Und nun rechts. Auch hier dasselbe: Die Tinte unter der Federspitze entzieht sich der Sicht.

Man übt sozusagen mit den Fingern Druck aus in der Überzeugung, daß sich die Federspitze zu einem い bewegt. Und bei jedem Strichwechsel kommt einem das Ergebnis dessen, worauf man gewettet hat, vor Augen: Ein Schriftzeichen erscheint. Eines, das man ohne Zweifel selbst geschrieben hat. Weil sein Anfang aber im Ungewissen liegt, hat man, wenn man sich genau befragt, auch den Eindruck, daß es teilweise jemand anders geschrieben hat. Nach und nach nimmt dieser Tintenklecks Bedeutung an. Und man glaubt, das Zeichen sei ein typisch eigenes, so wie man eben schreibt.

Man sagt, Handschriften hätten je ihr Eigenes. Vor allem das Konzept der juristisch gültigen Unterschrift basiert auf der Prämisse, daß dieses Eigene individuell verschieden, daß es dem Individuum zugehörig sei. Ich bin allerdings der Meinung, daß dies nur die Tatsache verschleiern soll, daß die Urheberschaft des anfänglichen »Punktes« ungewiß ist.

Wessen der Anfang eines Buchstabens oder Zeichens ist, weiß man in Wirklichkeit nie. Von eigen kann keine Rede sein; man sieht ja nichts. Handgeschriebene Zeichen, vor allem solche, die von oben nach unten geschrieben werden, gehören deshalb immer jemand Unbekanntem.

Wem diese Unbestimmtheit nicht gefällt, versteht, weshalb man im Westen von links nach rechts schreibt. Wenn man klarer zu erkennen trachtet, was an der Federspitze vor sich geht, bleibt einem nichts anderes übrig, als eben so zu schreiben: von links nach rechts.

Man kann sagen, daß Menschen, die traditionell Schriftzeichen untereinander setzen und in Kolumnen schreiben, Menschen wie ich und die meisten von Ihnen, eine Schreibweise gewählt haben, bei der mit der Hand eher verdeckt wird. Auch hier also gibt es einen Spalt, nicht wahr, in den sich etwas Dingendes drängt.

Ich will hier nichts Unwissenschaftliches vortragen. Mir geht es allein darum, wie der schöpferische Impuls ans Gehirn weitergegeben wird.

»Aber wir schreiben mitunter auch in Zeilen, waagerecht also, auf den Spruch- und Namenstafeln von Tempeln zum Beispiel!«

Sie haben recht, das stimmt. Im Kulturkreis der Schriftzeichen wird nicht nur von oben nach unten geschrieben. Das wird auch im Mutterland so sein. Aber ich darf Sie daran erinnern, daß man früher bei solchen Gelegenheiten nicht von links nach rechts, sondern von rechts nach links schrieb. Waagerecht, von rechts nach links. Das ist nachgerade der Beweis, daß man die Schrift zu verdecken trachtete. Das schon geschriebene Zeichen liegt unter der das nächste Zeichen schreibenden Hand, so daß, wie bei einem einzelnen Zeichen der anfängliche Punkt, das ganze Zeichen verborgen wird.

*

Menschen, einerseits, die es nicht stört, nicht sehen zu können, was sie schreiben.

Menschen, andererseits, denen daran gelegen ist, klarer mit den Augen zu erfassen, was sie schreiben.

An diesem Unterschied lassen sich die Kulturen vielleicht scheiden.

Erinnern Sie sich bitte, daß Menschen der letzteren im 19. Jahrhundert eine Vorrichtung erfanden und nutzbar machten, mit der man per Tastatur hat schreiben können. Das führte zwar letztlich geradewegs zu den Tastaturen des Zeitalters der Elektronenrechner, aber zunächst ließen sich per Taste nur Alphabetschriften aufs Papier bringen.

Was aber ist der springende Punkt dabei? Was ist das Epochale an dieser Erfindung?

Per Tastendruck schreiben, verehrte Leser, heißt nichts anderes, als daß das Geschriebene an einem von den Fingern entfernten Ort erscheint! Das ist das Epochale.

Beim Anschlagen einer Taste wird ein mit einem Buchstaben verbundenes Gestänge bewegt und der Buchstabe auf Papier gebracht. Man sieht, mit anderen Worten, den Buchstaben, den man anschlägt, unmittelbar, er wird durch nichts verborgen. Damit entfaltete sich, man kann es nicht anders sagen, eine ungeahnte Welt, in der von der Spitze des Schreibgeräts verdeckt werdende Schrift keine Rolle mehr gespielt hat. Die um die klare Erfassung ihrer Schrift bemühte Kultur hatte sich vervollkommnet.

Die Schrift*verhehlungs*kultur verweigerte ein Jahrhundert lang die Einführung dieser Tastatur, konnte mit Erscheinen der elektronischen Geräte, die die Umwandlung, die Bearbeitung und den Druck eingegebener Schriftzeichen ermöglichte, aber nicht mehr umhin, sie zuzulassen. Das war Ende des vorigen Jahrhunderts.

Vielleicht kann man sagen, daß dem ideographisch schreibenden Kulturkreis damit seine ihm urtümliche Impulsgebung ans Gehirn verloren gegangen ist. Die Kunst, während des Wettens auf nicht zu sehende Zeichen zu »dingen«. Das damit naturgemäß einhergehende Wetten auf den Text an sich. Das ganze in gewisser Weise magische Verfahren.

Ich habe nicht vor, die Asiatische Union zu spalten, in keiner Weise. Nichts läge mir ferner. Sowohl bei der malaysischen Schrift als auch der Schrift der diversen indischen Sprachen liegt wie bei allen ursprünglichen Handschriften dieselbe Schriftverhehlung vor. Schreibgeräte sind immer schriftverdeckende Werkzeuge, sie nehmen sich alle nichts.

Verehrte Herrschaften, die Sie diesen Text lesen, ich hege, dessen darf ich Sie versichern, keinerlei Hintergedanken. Die Diskussionsgrundlage ist breiter geworden. Weiter nichts, wirklich.

*

Bald ist der Abgabetermin für den Essay diesen Monats, und die Decke, um die ich in der vorigen Nummer ersuchte, ist da.

Eine reale, kamelhaarfarbene kleine Decke.

Ich weiß gar nicht, wie ich meinen Dank zum Ausdruck bringen soll.

Für die Güte der diese Haftanstalt betreibenden Herrschaften.

Einer der vor Ort zuständigen Herrschaften, ein junger Herr Aufseher mit runden, fast schwarzen Augen und unter der weißen Einheitskleidung versteckten festen Muskeln (er scheint aus Malaysien zu stammen), hat mir die Decke zugeworfen und mich ohne Eile dafür unterschreiben lassen.

In der frechen, irrigen Annahme, einen begeisterten Leser vor mir zu haben, setzte ich in flüssiger Form mit diesem Füller meinen Namen auf das Formular.

Die Tinte zerfloß auf dem rauhen Papier, meine Unterschrift war bestimmt nicht leserlich.

Ich habe mich bei dem Herrn Aufseher sofort entschuldigt, darf aber die Gelegenheit nutzen, es in diesem Text in aller Form noch einmal zu tun.

EXTENSIV ABSCHWEIFEND /
VORSÄTZLICH UNIONSPALTERISCH
BEHANDLUNG: MITTELSCHWER
DISZIPLINIERUNG: MITTELSCHWER

3

Ich bereue zutiefst und von ganzem Herzen.

Um Entschuldigung bitten kann ich nur, indem ich schreibe. Sollte ich nicht schreiben, schlagen Sie mich bitte, auf die Beine oder sonstwohin. Schlagen Sie mich, bis ich kaum noch laufen kann. Selbst dann werde ich mich vormittags und nachmittags je dreißig Minuten über den Boden hier schleppen, werde Körper und Geist stählen für dieses Manuskript.

Dieses Mal komme ich also unverzüglich zum Thema. Sie alle kennen ja die Fakten, wissen, wie sehr und wie lange wir uns über Romane wirklich niedrigen Inhalts auseinandergesetzt haben. Wer von uns hätte je gedacht, nicht wahr, daß Romane derart wirkmächtig werden könnten!

Anfang des 21. Jahrhunderts, als im digitalen Raum das Medium der Kurznachricht die Welt eroberte und selbst Staatenlenker auf diese Weise ihre politischen Maßnahmen bekanntgaben, als die Zeitungen und das Fernsehen zusehends ihre Bedeutung als Nachrichtenträger verloren, als in Asien Konfliktherde entstanden, als in Osteuropa von Politikern in diesem neuen Medium geführte Wortwechsel zum Zusammenbruch von Allianzen führten und zu in dieser Form von niemandem je erwarteten Mordanschlägen auf hohe Beamte, als, um mich nur auf den ostperipheren Archipel zu beschränken, die großen politischen Verbände einander nur noch mit Verleumdungen überzogen, kühlte der Eifer der Nutzer der Elektronenrechner nach und nach ab, vertraute man wieder auf das gedruckte Wort, und zwar in einem Ausmaß und in einer Stärke, es war wie ein Taifun, die wohl niemand auf der Welt vorhergesehen hat.

Zwar hatte sich im Zusammenwirken von Mensch und Künstlicher Intelligenz das Spielen in der virtuellen Realität wie ein wahrer Bazillus verbreitet, doch begannen die Leute, den direkten Einfluß dieser »Bilder« zu fürchten. Denn die entsprechende Industrie, die technisch im Zenit stand, förderte fraglos die Selbstmordattentate, die damals im Namen aller Religionen verübt worden sind. In den Bildern warfen die Leute so mir nichts dir nichts ihr Leben weg, als ginge es nur um die Fortsetzung eines Spiels, und diejenigen, die das im digitalen Raum sahen, bekamen das Gefühl, daß sie bald selbst an diesen Punkt kommen könnten.

Daß es gerade die Angst in der so gearteten Welt war, die die Leute zum Druckerzeugnis, zum Buch trieb, erschien geradezu irreal, war ein Ereignis wie aus einem Traum. Schrift, dachten die Leute, würde sie angesichts der alles erdrückenden Bildtechnik zur Ruhe kommen lassen, so daß sie sich, verwirrte Empfänger der weiterhin in der elektronischen Welt ausgesandten Falschnachrichten, auf Romane stürzten, vorzugsweise auf solche, die schon im Druck vorlagen, keiner Korrektur mehr zugänglich. An die Jahre des ekelhaften Mißtrauens der Menschen gegenüber allem in den Rechnern unablässig zwischen wahr und falsch oszillierendem Geschriebenen werden Sie alle sich noch gut erinnern, denke ich.

Und die Literatur kam wieder zu Kräften.

Jenes Gebiet, das so verbraucht war wie ein alter Mann.

Jener anachronistische Erzählreigen, mit dem es eigentlich schon lange hätte aus sein sollen.

Wir dachten, daß der Roman, da ja eigentlich belanglos, den Menschen und die Welt ruhig scharf abbilden könne, und wenn er mit der Technik seiner Sprache die Lebensfärbung der ihn Lesenden eine Spur ändere, so sei es drum, das sei nicht mehr als eine Art ernste Kinderei.

Während die Nachrichtenorgane an Einfluß verloren und immer mehr Menschen sich von der digitalen Welt entkoppelten, fanatisierte der Roman, von dem man gedacht hatte, ihn, da er ja von Hause aus fiktiv war, keiner Kontrolle unterwerfen zu müssen, die Völker, wiegelte bald Land gegen Land auf, und die Literaten, die zur Besonnenheit aufriefen, wurden von den Lesern der »heißen Schriften« als Lügner gebrandmarkt und vertrieben.

Das alte Gespenst erhob wieder sein Haupt. Kriegsgelüste, ausgelöst vom Übel der Literatur. Von der dem Roman innewohnenden Romantik. Von leichtverständlichen Erzählungen. Vom Moralismus. Von der Liebe.

Meist handelte es sich um leicht zu lesende, plump an die Emotionen appellierende Romane, aber in einer erstaunlichen Welle sollen, wie ich hörte, in allen Ländern auch Meisterwerke früherer Zeiten wiederaufgelegt worden sein. Ich erinnere mich, daß diesen Klassikern stets hetzerische Werbesprüche beigegeben waren wie »Eine Verzweiflung, die nur wir verstehen« oder »Von einer Gefühlswunderbarkeit, die die anderen niemals werden entziffern können«. Brandparolen fand man, wie ich mich erinnere, sogar auf Übersetzungen ausländischer Meisterwerke: »Von funkelnder Schönheit erst in unserer Sprache!« Ein Unsinn ohnegleichen.

Insbesondere in Asien gibt es viele differierende Schriften; das Mutterland, die koreanische Halbinsel, Malaysien, Indien und der ostperiphere Archipel können ihre Sprachen gegenseitig nicht lesen. Das ist anders als in den [redacted] und Europa. Sobald Stolz auf die Literatur des eigenen Landes aufkommt, gibt es kein Halten mehr. Obwohl es eigentlich nur um die Art und Weise der Verschriftung geht, findet man sich schnell in romantischer Verklärung. Und obwohl gerade der Roman die Kraft hat, sich über diese simple Verklärung lustig zu machen, hat das Narrativ »Nation« dies unterdrückt und stattdessen zur Antriebsfeder seiner selbst gemacht.

Ich erinnere mich, daß schon in der zweiten Hälfte des vergangenen Jahrhunderts ein herausragender [redacted]-[redacted]nischer vergleichender Politikwissenschaftler in seiner berühmten Schrift *Die Erfindung der Nation* darauf hingewiesen hatte, daß der kapitalistische Buchdruck »Völker« erschaffen hat. Zeitungen, Zeitschriften, die Bibel prägten den Begriff »Volk«, schürten ein »Volksbewußtsein« und brachten entlang künstlich gezogener Grenzlinien »Nationen« hervor.

Diese Analyse des kapitalistischen Buchdrucks hielten wir für richtig, dachten aber, sie bezöge sich ausschließlich auf die Vergangenheit.

Plötzlich aber trat Hunger nach Papier auf; Staaten erließen Übersetzungsverbote für belletristische Werke, Geschichte wurde nach Gutdünken umgeschrieben, man spielte mit dem Tod und machte ungeheure Umsätze.

In einigen besonnenen Staaten wurden zwar in Ruhe Regelungen für Druckwerke eingeführt, doch erinnere ich mich mit noch derselben Erschütterung wie damals daran, daß Druckschriften und insbesondere Romane aus anderen Ländern durch die Maschen des Gesetzes hindurch auf den Markt gekommen sind. Romane aus anderen Ländern, die den Nationalismus schürten, Romane, die in den Sprachen dieser Länder allein zu dem Zweck gedruckt und exportiert wurden, allüberall die Taschen der kapitalistischen Buchdrukker zu füllen.

Vor allem aber werden Sie sich, wenn Sie vom ostperipheren Archipel stammen, daran erinnern, wie die rasante Zunahme des

Vertrauens in das auf Papier gedruckte Wort unseren rohstoffarmen Archipel in völlig unerwarteter Weise besonders wertvoll gemacht hat. Davor ist eine Besetzung dieses langgestreckten, schmalen Gebietes nicht sinnvoll gewesen. Wir hatten den Wert unseres Staates nur durch unsere Arbeit geschaffen, falls man uns besetzte, ließe der Arbeitseifer rapide nach, hätte der Aggressor nur investiert und erzielte keinen Gewinn.

Das aber wollte unser Ego nicht zugeben. Hitzig verfochten wir die Meinung, daß unser Boden von Wert sei und landeten zuletzt unweigerlich bei der Behauptung unserer geopolitischen Bedeutsamkeit.

Wer hätte ahnen können, daß der Vertrauenszuwachs in gedruckte Schrift, das heißt das Verlegen auf Papier, dem Wald, der praktisch den ganzen Archipel bedeckte, einen so gewaltigen Wert geben würde? Als die umliegenden Staaten, zuvörderst das Mutterland, großflächigen Baumschlag zu verbieten begannen (welch verheerende Folgen die von wiederholten großen Erdrutschen und gewaltigen Taifunen verursachten ständigen Überschwemmungen zeitigten, hätten wir aus Erfahrung wissen müssen) und die Forstwirtschaft völlig verfiel, bekam der ostperiphere Archipel mit seinem quasi Rückgrat aus Wald zum erstenmal in seiner Geschichte einen Wert, für den es sich tatsächlich lohnte, ihn sich einzuverleiben. Und zugleich seine fortschrittliche Technologie, aus allen Arten von Holz Papier zu machen.

In *Die Erfindung der Nation* wird das Neue Testament als Beispiel des kapitalistischen Buchdrucks angeführt. Daß, mit anderen Worten, Martin Luther der erste erfolgreiche Verleger gewesen sei. Tatsächlich verlagerte sich mit Luthers Neuem Testament der Ort des Glaubens von der Kirche zum Individuum. Der Gläubige konnte und durfte sich als Einzelner der Heiligen Schrift zuwenden, die Macht der Kirche, die diese Schrift monopolisiert hatte, bröckelte beträchtlich.

Die Erfindung der Nation zeigt mit anderen Worten auf, wie ein einzelnes Druckerzeugnis die Welt verändert und zugleich dem kapitalistischen Buchdruck unermeßlichen Reichtum beschert hat.

Es erreichte zwar nicht das Ausmaß des Neuen Testaments, aber ich habe selbst gesehen, wie vor dem Konflikt auch auf dem ostperipheren Archipel in den wenigen verbliebenen Megabuchläden, in den Bahnen und in von Verlagen vor den Bahnhöfen errichteten provisorischen Ausstellungsbereichen gesellschaftlich wirkmächtige Druckerzeugnisse in Mengen unter die Leute gebracht worden sind.

Dabei handelte es sich nicht bloß um eindeutig laszive, wertlose Romane wie *Oberst Pelzbau* oder *Der strahlende Reaktor* des bereits als Kriegsverbrecher verurteilten Autors, sondern auch um Werke wie die jetzt geradezu erbarmungslos kritisiert werdende zehnbändige Serie *Tiere schöner Heimatscholle*, deren Autor sich nie je politisch geäußert hat, die sich aber so gut verkaufte, als stünde sie in der Sprachspieltradition des ostperipheren Archipels.

Zwar sind auf dem Archipel in rascher Folge einige Dutzend Romanciers nicht nur kritisiert, sondern in Säuberungsaktionen entfernt worden, doch hätten meiner Ansicht nach die Prozesse verbissener fortgesetzt werden müssen. Diesen Narren das Leben zu nehmen war leicht; wichtiger aber wäre gewesen, glaube ich, in den Urteilen deutlich zu machen, weshalb es der Literatur möglich war, närrisch zu werden.

Ich will mich aber, das sei zugleich gesagt, nicht auf die Seite jener stellen, die ausschließlich diese Narren kritisieren. Ich nehme mir nur heraus, die Herrschaften in den relevanten Behörden der Asiatischen Union auf etwas hinzuweisen. Lesen Sie bitte.

Die vielen Intellektuellen und Kulturschaffenden sowie die Digitalessayisten, die auf den Konflikt zurückschauen, als träfe sie selbst nicht die geringste Schuld, wiederholen exakt das, was im vergangenen Jahrhundert nach dem Zweiten Weltkrieg vor sich gegangen ist.

Was hat man sich nicht ereifert! Dabei wurden sie, anders als wir, weder eingekerkert noch wurden ihnen von Beamten des eigenen Landes die Finger gebrochen und die Nägel herausgezogen. Sie wurden weder aller Ehren beraubt, noch löschte man ihre Vergangenheit. Man schlug sie nicht auf die Ohren, daß die Trommelfelle platzten, man stieß ihnen keine Stäbchen in den Rachen, um ihnen die Stimmbänder zu zerfetzen. Trotzdem ließen sie nach der Befreiung des Landes das kontaminierte [redacted] unverzüglich hinter sich, priesen mit nach außen freudestrahlendem Gesicht die neuen Regularien, schwenkten die neue Fahne.

In der, wie es im vergangenen Jahrhundert hieß, »Nachkriegsliteratur« empfand die Mehrheit der Schriftsteller, glaube ich, Widerwillen dagegen, wie glatt der Gesinnungswandel nach dem Krieg vonstatten gegangen ist. Denselben Mißmut spüre ich jetzt bei mir.

Ich bringe hier keinerlei Mißbilligung des neu[redacted]ischen Systems zum Ausdruck, gewiß nicht. Im Gegenteil. Ich neige tief, tief und aufrichtig mein Haupt.

Ich rede vielmehr jenen ins Gewissen, die mit den jetzigen Verhältnissen unzufrieden sind. Wenn wir das schleifen lassen, entsteht in wenigen Jahrzehnten womöglich wieder eine »Nachkriegsliteratur«. Das tut mir in der Seele weh. Die gräßliche Unredlichkeit der Bevölkerung des ostperipheren Archipels ist beklagenswert.

Täter gewesene Menschen, die sich alle als Opfer gerieren.

Welch fades Immerwieder!

Das Immerwieder rückgratloser Begeisterung und bereitwilligen Wegschiebens jeder Verantwortung.

Ich, verehrte Leser, bin jemand, der von der Alten Regierung aus heiterem Himmel eingekerkert worden ist. Ich bin jemand, der nur deshalb nicht auf freiem Fuß ist, weil auch den Herrschaften des Neu[redacted]amtes der Asiatischen Union unklar ist, weshalb ich verhaftet und inhaftiert worden bin und die diesbezügliche Untersuchung noch andauert. Mir ist das eher lieber. Ich denke immer wieder daran, was meine Frau gesagt hat. Genaueres dazu schreibe ich später.

Jedenfalls habe ich das immer gleiche seichte Denken der Leute gründlich satt.

Trotzdem werde ich weiterhin meine schwache »Stimme« an Sie alle richten.

*

Aus diesen Gründen enthalte ich mich des Romaneschreibens. Auch sonst sollte niemand welche schreiben.

Die meisten von uns Literaten des Archipels sind nie den Grundlagen des Romans nachgegangen. Das ist nichts anderes, als sich für den Krieg zu begeistern und nicht in sich zu gehen, warum.

In der vorliegenden Nummer von *Requies* werde ich das anhand der Methode, die ich seit jeher »Filagie« nenne, beweisen. Filagie ist der Ansatz, ein Werk als bloßes Gefäd von Sätzen, als Filage zu betrachten.

Manche Kritiker sprechen bei Texten von *Gewebe*. Für mich sind sie löchriger, wie Wollenes, und unterliegen zudem den Instabilitäten des Strickens, Häkelns, Wirkens, so daß ich halb im Scherz das Wort »Filage« aufgenommen und den Begriff *Filagie* geprägt habe.

Auf dieser Grundlage habe ich eine Reihe technisch ausgerichteter Werke verfaßt, das heißt habe beschrieben, welche Textfäden sich mit den Fäden welcher Autoren kreuzen, und welche Wörter mit welchen anderen in den Händen des Lesers ein Muster bilden, und bin nach der Veröffentlichung zweier Sammelbände mit diesen methodologischen Aufsätzen (*Filagen für Anfänger*, 2021, und *Unzeitgemäße Filagen*, 2023) von der Alten Regierung zu Hause abgeholt worden.

Solche schwachsinnigen Maßnahmen, das heißt jemanden wegen völlig apolitischer, zudem von der in der zweiten Hälfte des zwanzigsten Jahrhunderts vornehmlich in Frankreich entwickelten typischen Literaturkritik beeinflußten, also, um ehrlich zu sein, nicht einmal gar so viel Neues bietenden Schriften ins Gefängnis zu stecken, waren damals auf dem ostperipheren Archipel ganz normal.

Ich nehme an, daß dies den einen oder anderen von Ihnen daran erinnert, daß es so etwas auch unmittelbar vor dem Zweiten Weltkrieg gegeben hat.

Ich spreche von dem absonderlichen »Kyōdai-Haiku-Vorfall«. So bezeichnet wird die im Jahre 1940 erfolgte Inhaftierung von fünfzehn Mitgliedern des Haiku-Zirkels *Kyōdai-Haiku* der Universität Kyoto wegen Verstoßes gegen das Gesetz zur Aufrechterhaltung der öffentlichen Sicherheit in der von ihnen herausgegebenen gleichnamigen Haiku-Zeitschrift – als Repressalie gegen unerwünschtes Gedankengut an sich schon ein hartes Vorgehen und um so unverständlicher, als die Zirkelmitglieder in ihren sogenannten Neuen Haiku nur mit der Inklusion moderner Sprache experimentiert und keinerlei Bezug zu unerwünschtem Gedankengut gehabt haben.

Ein genauer Kenner jener Zeit, der im vorigen schon erwähnte Haiku-Dichter Kaneko Tōta, machte mich darauf aufmerksam, daß Itsuki Hiroyuki in seinem *Sakashima ni* (»Auf den Kopf gestellt«), einem Werk, das die damalige Atmosphäre sehr anschaulich beschreibe, die Ansicht vertrete, daß bei dem genannten Vorfall der Neid der Unbegabten eine Rolle gespielt habe.

Daß Kräfte, die meiden, was sie nicht verstehen und jede Bewegung neuen schöpferischen Ausdrucks zerschmettern wollen, damals wie auch unmittelbar vor Ausbruch der territorialen Auseinandersetzungen im Süden ebenso wie jetzt im Wirbel der noch andauernden Kämpfe und im wohl bald beendeten Asien-Neu[redacted]krieg ihre Stimme lauter erhoben, läßt sich aus den (in *Requies* abgedruckten) vielen, von Haß auf die Alte Regierung erfüllten Aufsätzen anderer in dieser Anstalt inhaftierten »Gedankenverbrechern« leicht erschließen.

Ich für meinen Teil, froh, daß eine Zeit gekommen ist, die mir wieder freie Rede ermöglicht, habe vor, für den *Romanverbotserlaß* noch einmal in vollem Umfang meine »Filagie« zur Anwendung zu bringen.

*

Die Welt des Romans ist fürwahr eine unheimliche Welt. Eine Welt, in der gänzlich andere Selbstverständlichkeiten gelten als im wirklichen Leben. Alle Romanschriftsteller wissen das. Wissen es und schweigen. Aus Feigheit.

Es ist vielleicht ganz amüsant, wenn ich diese versteckte scheußliche Wahrheit gerade jetzt zur Kenntnis bringe, im Jahr 2036, einem Schaltjahr, in dessen Februar die Zeit geschoben wird.

Als Beispiel darf ich das von den Menschen des ostperipheren Archipels einst als »Volksliteratur« gepriesene Werk *Kōjin* (»Der Reisende«) eines Schriftstellers namens Natsume Sōseki anführen (das ich im einzelnen auch in meinen *Filagen für Anfänger* besprochen habe, so daß ich es, auch ohne das Werk vor mir zu haben, ausreichend genau zitieren kann, wenngleich es einer genaueren Darstellung zweifellos zugute käme, wenn man so freundlich wäre, mir ein Exemplar des Buches zur Verfügung zu stellen).

Kōjin ist die Geschichte zweier Brüder, geschrieben aus der Sicht des Jüngeren, Jirō. Der Ältere, Ichirō, argwöhnt, daß seine Frau Nao ihn nicht wirklich liebt und bittet seinen jüngeren Bruder, mit Nao eine Reise zu unternehmen. Jirō und seine Schwägerin Nao machen sich widerwillig auf den Weg; heftige Regenfälle lassen sie in einer Herberge in Wakayama stranden. Mit seiner Schwägerin allein in einem Zimmer, bringt Jirō schließlich das Gespräch auf sie und seinen Bruder. Als Nao in Tränen ausbricht, dringt Jirō weiter auf sie ein: »Sag mir ehrlich: Liebst du ihn oder haßt du ihn?«

Von hier ist es nicht mehr weit zu dem in diesem Werk einzigen, will sagen in der Reihe der realistischen Werke Natsumes merkwürdig offen zutage liegenden »Spalt im Roman«, zum Eingang in eine verdrehte Welt.

Die Schwägerin sagt: »Warum fragst du mich das? Glaubst du etwa, ich hätte einen anderen?« Jirō stammelt: »Nein nein, das nicht.« »Ich komme euch kaltherzig vor«, bringt Nao vor, »weil ich dumm und kleinmütig bin.« Als Jirō erwidert, daß niemand in der Familie so über sie herzöge, wirft sie »Aber zu Zeiten hat man mich durchaus für liebenswürdig gehalten!« hin.

An diesem Punkt erinnert sich Jirō daran, daß Nao ihm einmal einen weich wattierten Beutel mit bunten Libellen und Blumen bestickt und er dankbar gedacht hatte, wie liebenswürdig sie doch sei.

Er erinnert sich an diesen Beutel. *Im Herzen.*

Worauf die Schwägerin prompt sagt: »Ja, der war schön. Hast du ihn eigentlich noch?«

Das wirkt, als reagierte Nao auf Worte, die Jirō in seinem Herzen spricht. Jirō aber ist keineswegs verblüfft. Er sagt nur: »Ja. Den halte ich in Ehren.«

Plötzlich spitzt er die Ohren. Die Shamisen-Klänge, die bis eben aus einem anderen Zimmer zu hören waren, sind verstummt. Jirō weiß nicht, wie spät es ist, und wendet sich an eine Bedienstete der Herberge. Von der erfährt er, daß ein Regensturm herrscht und Nao und er deshalb nicht nach Hause können.

Sollte sich der Autor bei dieser Szene, bei Naos unnatürlichem Blick ins Herz eines anderen, verschrieben haben? Glauben Sie, daß er unabsichtlich etwas, was nur er, der schreibende Autor wissen kann, in die geschriebene Nao transponiert hat? Oder sind Sie der Meinung, daß es auch im Alltag jene merkwürdigen Momente gibt, in denen sich jemand plötzlich in einen Gesprächspartner hineindenkt, und daß Natsume dies hier meisterlich eingefangen hat?

Hier tut sich der Riß im Roman, in der geschriebenen Welt auf. Man kann die Stelle gerade noch als halbwegs wirklichkeitsnah lesen, und bevor sie ins Irreale umschlägt, hält Natsume inne. Das ist das Moderne, das Avantgardistische und auch das Hinterhältige dieses Autors.

Um es geradeheraus zu sagen: Hier werden in *einem* Raum (in diesem Fall auf Natsumes Manuskriptpapier) der schreibende Autor, die geschriebene Nao und der geschriebene Jirō eins.

In dem Raum gibt es die geschriebene »Nao«. Vor sich hat sie den geschriebenen »Jirō«.

Und es gibt weiteres Geschriebenes. Das »Zimmer«, die zu hörende »Shamisen«, den »Baum im Garten«, den »Regen«, den »Wolkenzug«. Sie existieren in der Schrift und werden somit im Geschriebenwerden Teil der sich erhebenden eigentümlichen Welt.

Aber auch der »schreibende Autor« kann darin eintauchen. Das heißt, schreibend verwandelt sich der Autor immer allem Geschriebenen an. Er verschmilzt halb mit der Schrift auf dem Papier, ist damit verbunden. Und indem er unmittelbar nach dem Schreiben liest, was er geschrieben hat, mithin zum Leser wird, löst er sich von dieser befremdlichen Welt.

Es ist kaum vorstellbar, daß Natsume Sōseki dies nicht wahrgenommen haben soll. Er studierte den abendländischen Roman, schrieb eine Literaturtheorie, seinen *Bungakuron*, und begann erst danach mit dem Schreiben von Romanen. Während seines Englandaufenthaltes beschäftigte er sich speziell mit dem wahnwitzigen Werk jenes verderbten englischen Pfarrers aus dem achtzehnten Jahrhundert, das als Anfang des modernen Romans bezeichnet wird. Darin geht der Autor völlig ungerührt in den geschriebenen Geschichten ein und aus. Mehr noch: Auf die Beschreibung, daß die Nacht sich herabsenke, folgt eine ganzflächig tintenschwarz gedruckte Seite.

Die Avantgarde gab es schon im achtzehnten Jahrhundert. Natsume Sōseki wußte das nur zu gut – und fing an, Romane zu schreiben. Er hatte folglich sehr genau über wirklich realistisches Schreiben und das Geschehen auf dem erzählerischen Schauplatz nachgedacht.

Zur ungefähr selben Zeit, das heißt Anfang des zwanzigsten Jahrhunderts, gab es in Europa jemanden, der im Stillen das Gleiche unternahm: Kafka. Den Namen werden Sie kennen. Genau. Es ist jener für »Die Verwandlung« berühmte Mensch, in der eine Person als Ungeziefer erwacht.

In seinem Roman *Der Process* legt dieser Autor den Schwerpunkt auf »das, was sich auf dem erzählerischen Schauplatz tatsächlich zuträgt«. Auf Natsumes danebengestelltes »wirklich realistisches Schreiben« legte der postum hochgeschätzte Europäer weniger Wert. Ich erinnere mich noch sehr gut daran, wie ein älterer Intellektueller mich im Séparée eines schmuddeligen Restaurants auf den schlagenden Beweis dafür aufmerksam gemacht hat.

Der Protagonist, der aus heiterem Himmel verhaftet worden war, soll im Zweiten Kapitel vor einer Untersuchungskommission erscheinen. Da ihm keine genaue Zeit mitgeteilt worden ist, strebt er von sich aus einfach »neun Uhr« an. Ohne irgend jemandem von dieser Entscheidung Mitteilung gemacht zu haben, kommt er kurz nach »zehn Uhr« an dem Ort an, den er für den ihm bezeichneten hält. Daraufhin sagt der Untersuchungsrichter, der gewartet hat, folgendes: »Sie hätten vor einer Stunde und fünf Minuten erscheinen sollen.«

Diese Berechnung geht von dem Zeitpunkt aus, den der Protagonist anvisiert hatte, doch nur für sich, privatim. Gleichwohl sagt der Untersuchungsrichter, er sei zu spät.

Daß der Autor und der Protagonist sowie andere vom Autor geschriebene Existenzen alle dasselbe wissen, liegt genau besehen auf der Hand. Alle sind ja der Autor.

Wirklich realistisches Schreiben heißt, dieses Auf-der-Hand-Liegende zu vermeiden. Das heißt, Kafka entschied sich für »das, was sich auf dem erzählerischen Schauplatz tatsächlich zuträgt«.

Und möglicherweise auch Natsume.

Womit die moderne Literatur erst um einiges später experimentierte, wandten die beiden in ihren Werken bereits an – und zwar, glaube ich, als Ergebnis der tiefen Bewußtwerdung der sonderbaren Welt, die allein durch »Schreiben« entsteht. Warum soll man immer nur »wirklich realistisch« schreiben müssen? Geht nicht allen Figuren eines im Entstehen begriffenen Romans stets der Autor voran? Also, schreiben wir diese Wahrheit doch mit hinein.

So, glaube ich, dachten Kafka und Natsume.

Zudem werden alle Existenzen, die ein Autor im Zuge des Schreibens imaginiert, geschrieben Schrift und stofflich beinahe ununterscheidbar. Im Falle von Füllerschrift sind es bloß Unterschiede in den Formen der Tinte, im Falle von von Transformationsgeräten vermittelter Bildschirmschrift bloß feine, durch elektrische Signale hervorgerufene Lichtdifferenzen.

Wenn diese Schrift dann verlegt wird, verwandeln sich »Lampe« und »Person« ebenso wie »Wind«, »Vergangenheit« und »Zukunft« zwar in dann gedruckte Tinte bzw., im Falle von Elektronenrechnern, in ausgestrahltes und empfangenes Licht, haben informationell aber die so gut wie selbe Schwere, vielmehr: Leichte.

Und nicht nur stofflich unterscheiden sie sich kaum, sondern auch in ihrem prozessualen Vermögen, im Hirn ein Bild oder einen »Imagiton« zu erzeugen. Denn selbst wenn ein Autor den Namen einer Person, an der er hängt, hinschreibt und dies im Hirn einen Blitz auslösen sollte, handelt es sich dabei letztlich nur um einen elektrischen Mikroimpuls von Nervenzellen.

In dieser praktischen Informationsgleichheit wird das geschriebene/gelesene Objekt (»Lampe«, »Person«, »Wind«, »Vergangenheit«, »Zukunft«) gelegentlich ununterscheidbar. Dennoch gaukelt der Roman eine »wirklich realistische« Unterscheidbarkeit vor. Das ist verwerflich.

In der *Kōjin*-Szene sind »Nao« und »Jirō« eins. Sie werden praktisch ununterscheidbare Figuren. Die eine hört, was die andere im Herzen spricht, und die andere wundert sich nicht darüber.

Befremdlich ist ferner, daß der Geschichte mit dieser Verschmelzung eine gefährliche erotische Note zuwächst. Von diesem Moment an sieht es so aus, als vereinten sich die beiden. Denn sie verstehen sich auch ohne Worte.

Des weiteren werden die beiden im Moment der textlichen Verschmelzung von einem »Regensturm« heimgesucht. Die Welt gerät in Unordnung, wird instabil. Die beiden werden in einem Herberge geheißenen Raum eingeschlossen und müssen eine Nacht miteinander verbringen.

Ich bin überzeugt, daß der Autor bis hin zu dieser spektakulären Wende die Szene genau so geplant hat.

Die geschriebenen/gelesenen Inhalte werden ihres Unterschieds beraubt, schmelzen plötzlich und werden zu einem strudelnden Eins. Genau hier ist der Roman auf seinem deformerischen Höhepunkt. Genau hier hat das alptraumartige Wesen namens Roman in seiner alle zuvor Geltung gehabt habenden Bereiche der Vernunft mit einemmal hinwegfegenden eruptiven Gewalt, in seiner Verbundenheit mit dem Chaos quasi urzeitlicher Magie eindeutig seinen Höhepunkt.

Nein, das beschreibt sie noch nicht zur Genüge. Die Unergründlichkeit des »Feldes« Roman.

Es – er – ist anders.

Anrüchiger noch.

Durchtriebener noch.

Unverständlicher noch. Und dunkler.

Es ist ärgerlich, daß ich nicht in der Verfassung bin, alles in einem Zug niederzuschreiben.

Ich bitte Sie, sich bis zur nächsten Nummer zu gedulden.

Und inständig auch darum, mir bis dahin nicht meinen Füllfederhalter und mein Heft zu nehmen. Schön wäre auch ein neues Heft.

Bitte.

BEHANDLUNG: MODERAT
DISZIPLINIERUNG: NACH MITTEILUNG
DIREKTE VERABREICHUNG VON PHARMAKA

4

Jetzt, Anfang April, greife ich für die Maiausgabe wieder zum Federhalter.

Ich bin glücklich, daß ich weiterschreiben kann, auch ein neues Heft hat man mir zugestanden. Allen in der Asiatischen Union mit Neu[redacted] Befaßten sei aufrichtig gedankt.

In dieser Ausgabe präsentiere ich noch bizarrere Beispiele als in der vorigen.

Auch in *Chi no hate shijō no toki* (»Das Ende der Welt, Zeit der Zeiten«), dem Opus magnum des Bannerträgers der modernen Literatur, Nakagami Kenji, der nach dem früheren großen Krieg aktiv war und nach dem Golfkrieg starb, gibt es eine bisher von niemandem entschlüsselte merkwürdige Stelle.

Für den entsprechenden Band der Nakagami-Gesamtausgabe habe ich im Jahr 2010 einmal einen interpretatorischen Aufsatz beigesteuert, muß das Buch aber, da es mir nicht vorliegt, wie in der vorigen Nummer Natsumes *Kōjin*, den *Reisenden*, aus dem Gedächtnis zitieren. Dafür bitte ich um Entschuldigung. (Übrigens hat einer der Herren Kontrolleure, die sich die Zeit nehmen, meine Texte zu lesen und die mich gelegentlich auf Wörter aufmerksam machen, die zu verwenden nicht angemessen ist, Verständnis für meine in der letzten Ausgabe geäußerte Bitte gezeigt und mir eine auf dem ostperipheren Archipel gehandelte kleinformatige Ausgabe von Natsumes *Kōjin* zukommen lassen, was es mir ermöglicht, das Phänomen Roman noch schärfer und genauer zu kritisieren, wofür ich unendlich dankbar bin.)

Nakagamis auch als letzter Band der »Akiyuki-Trilogie« bezeichnete Roman beginnt mit der Entlassung des Protagonisten Takehara Akiyuki aus dreijähriger Haft. Er hatte seinen jüngeren Halbbruder im Affekt mit einem Stein erschlagen.

Akiyuki gesellt sich zu seinem leiblichen Vater Hamamura Ryūzō und gliedert sich in dessen Bauarbeitertrupp ein. Aus irgendeinem Grund zieht es ihn zu seinem biologischen Vater, dem er in den beiden zuvor geschriebenen Bänden aus dem Weg gegangen ist.

Um den Vater zu »töten« – vermutet jedenfalls Hamamura Ryūzō. Mehr noch, er deutet das seinem Sohn gegenüber sogar an. Ryūzō sagt: Ich bin, was du denkst. Ein Wort, das auf ein merkwürdiges Herrschaftsverhältnis deutet – als wäre Akiyuki der Vater und er, Ryūzō, der Sohn.

Aber bald danach kommt eine orthographisch merkwürdige Stelle. Auf dem Bahnhofsvorplatz spricht Akiyuki einen Stadtstreicher an, der gerade Fertignudeln aus einem Wegwerfbecher schlürft, und fragt: Wer, glaubst du, bin ich? Worauf der Stadtstreicher sagt: Der König des Fliegendrecks. Das ist der Spitzname von Hamamura Ryūzō, und Nakagami schreibt ihn hier nicht mit Zeichen, sondern mit dem Katakana-Silbenalphabet.

Ein paar Seiten später wird Akiyuki, der sich zu einem von einem Verwandten illegal besetzten Buschgrundstück begeben hat, von Hamamura Ryūzō, der sich dort mit dem Verwandten unterhält, gerufen. Von Hamamura Ryūzō selbst. Mit dem eben gehörten Spitznamen.

Und wieder verschriftet wie in der unmittelbar vorangegangenen Stadtstreicherszene, zuvor aber sonst nie: in Katakana.

Ich glaube, daß diese unnatürliche Szene nur und allein deshalb zustande kommt, *weil die Romanfigur Hamamura Ryūzō den Roman zugleich liest*. Tatsächlich weiß Ryūzō an zahlreichen Stellen im Roman, was Akiyuki denkt.

Akiyuki, unschlüssig, ob er seinen Vater umbringen soll oder nicht, folgt diesem auf Schritt und Tritt, wird aber im entscheidenden Augenblick überrascht: Sein Vater erhängt sich plötzlich. Die Person, die vom Protagonisten hätte umgebracht werden sollen, nimmt sich selbst das Leben.

Akiyuki sieht den Erhängten, als er frühmorgens in dessen Büro vorbeischaut. Später sagt Akiyuki zu einem Untergebenen: »Er hat das abgepaßt. Er wußte, daß ich komme.« Nirgendwo im Roman wird aber beschrieben, weshalb Hamamura Ryūzō mit Akiyukis Besuch gerechnet haben könnte.

Aufgrund eines Bürobesuchs am Vorabend des Todes wußte Akiyuki allerdings, daß sein leiblicher Vater »zwei eng beschriebene Zettel« aus einer Schreibtischschublade »genommen und eingesteckt« hatte, und zwar in eine Innentasche seines Jacketts. Zuvor, schreibt der Autor sogar, sei Blättern zu hören gewesen, was heißt, daß Akiyuki seinen Vater bei eifrigem Lesen angetroffen hat. Nur daß es sich um Vorbereitungen für einen Selbstmord handelte, wußte Akiyuki nicht.

Dem Leser andererseits wird im folgenden angezeigt, daß man die »eng beschriebenen Zettel« bei der Leiche Hamamura Ryūzōs, der sich in selbiger Kleidung in der Nacht erhängte, nicht aufgefunden hat. Der Autor schreibt nämlich mehrmals nachdrücklich, daß aus der bewußten Tasche des Jacketts ein an den Papst in Rom adressierter Briefumschlag und ein Ausschnitt aus einem Manga zum Vorschein gekommen sei.

Die beiden Zettel sind nicht mehr da.

Mehr noch: Sie sind durch andere ersetzt.

Wo sind die ursprünglichen Zettel abgeblieben? Warum mußten sie dem Blick entzogen werden? Warum wird quasi in Betonung ihrer Bedeutung mehrfach wiederholt, daß sie ausgetauscht worden seien?

Meine Interpretation ist die folgende.

Die »eng beschriebenen Zettel«, die Hamamura Ryūzō las, sind nichts anderes als Seiten des Manuskriptes von *Das Ende der Welt, Zeit der Zeiten,* eben des Romans, in dem Ryūzō Figur ist. Und wer dieselben Seiten zu lesen versuchte, und sei es unbewußt, ist der Sohn Akiyuki. Akiyuki sucht seinen Vater frühmorgens in dessen Büro auf, weil er wußte, daß die Seiten in der Jackettasche seines Vaters versteckt sind.

Ryūzō seinerseits wußte, da er einen Teil des geschrieben werdenden Romans gelesen hatte, daß es möglich sein würde, seinen Sohn am nächsten Morgen herbeizulocken, und konnte ihm so, indem er ihn als ersten seine, Ryūzōs Leiche entdecken ließ, demonstrieren, daß es ihm, Akiyuki, für immer unmöglich sein würde, ihn, den Vater, zu ermorden.

Dann nimmt der Autor das Manuskript, das von einer seiner eigenen Figuren gelesen worden ist, der von ihm selbst produzierten Leiche mit Gewalt wieder weg. Ich glaube, daß genau darauf die ungeheure Spannung dieser Szene beruht. Der Autor und die Figur stechen sich gegenseitig aus.

Eine Romanfigur liest den Roman, in dem sie selbst vorkommt.

Was hat das zu bedeuten?

Im vorigen Heft habe ich berichtet, daß Natsume Sōseki und Kafka in derselben Manier geschrieben haben. In *Das Ende der Welt, Zeit der Zeiten* scheint diese Konstruktion unbewußt zustande gekommen zu sein, doch ist klar, daß es sich bei diesem Werk Nakagamis anders als bei seinen Vorgängerpublikationen *Misaki* (»Das Kap«) und *Kareki-nada* (»Das Meer der toten Bäume«) um einen modernen Roman handelt, weg von der Tradition des »wirklich realistischen« Schreibens.

Zwar findet fast alles an einem Ort, in dem von Nakagami so genannten »Gassengespinst« statt, doch gibt es dort Gerüchte, ist der Protagonist den heimlichen Blicken der *Gemeinschaft* ausgesetzt, ist »alles und jedes« darauf angelegt, »durchlässig« zu sein. Ist das nicht das Merkmal alles »Geschriebenwerdenden«?

Nao und Jirō, K. und der Untersuchungsrichter, Akiyuki und Hamamura Ryūzō, schließlich die jeweiligen Autoren. Hier haben wir in der Tat »Alldurchlässigkeit«.

*

Daß solche abnormen Situationen in Romanen keineswegs selten sind, zeigt Watanabe Naomi, jener Literaturkritiker, der mich damals in dem schmuddeligen Restaurant auf das Beispiel in Kafkas *Process* aufmerksam machte, sehr deutlich in seiner voluminösen *Geschichte der [redacted]ischen Techniken des Romans.*

In seinen Überlegungen – an die ich mich um so deutlicher erinnere, als mir dabei meine geringen Kenntnisse des [redacted]ischen Puppenspiels und des Kabuki-Theaters zustatten kamen – hob Watanabe damals von den im neunzehnten Jahrhundert durch den bedeutenden Unterhaltungsschriftsteller Takizawa Bakin aufgezeigten sieben Prinzipien des Romans insbesondere das des »heimlichen Lauschens« hervor.

Als Beispiel sei hier ein in diesem Zusammenhang von Watanabe nicht erwähntes Werk angeführt, das Ihnen allen bekannte Blut[redacted]stück *Kanade[redacted] [redacted]gura*, die »In Kana-Schrift abgefaßte Schatzkammer der [redacted]entreue«, vulgo »Die Geschichte der 47 herrenlosen Samurai«, und zwar das Vorspiel daraus.

Im Anwesen des Schoguns provoziert der ranghöhere Kō no Moronao den Landesfürsten Enya Takasada so lange, bis dieser das Schwert zieht. Von außerhalb des Laubenganges hört dies ein gewisser Kakogawa Honzō. Er umklammert den gerade angreifenden Takasada von hinten, so daß Kō no Moronao mit einer leichten Verletzung davonkommt. Enya Takasada muß wegen des Frevels, das Schwert gezogen zu haben, Seppuku begehen, wofür seine nun so genannten herrenlosen [redacted] später Rache üben. So weit die grobe Handlung. Die ganze Geschichte wird also sozusagen von Kakogawa ausgelöst.

Warum nun wird Enya dermaßen provoziert? Tatsächlich hat Kō no Moronao ein Auge auf Enyas Gattin geworfen, ein Ansinnen, dem der Landesfürst Momonoi Wakasanosuke, in dessen Diensten besagter Kakogawa steht, einen Riegel vorschob; im Kapitel zuvor war Wakasanosuke selbst kurz davor, Moronao mit dem Schwert den Garaus zu machen.

Normalerweise hätte Moronao folglich Wakasanosuke provozieren müssen, doch hier greift Kakogawa ein: Eigenmächtig besticht er Moronao. Damit hören die Provokationen gegen Wakasanosuke auf, und Opfer der Boshaftigkeiten wird ungerechterweise Enya.

Der heimliche Protagonist Kakogawa hört also im Anwesen des Schoguns die Auseinandersetzung zwischen Kō no Moronao und Enya Takasada mit. Die Szene wird wie folgt beschrieben:

»Hinter dem Reisigzaun wacht ohne zu blinzeln Kakogawa Honzō.«

Kakogawa lauscht also. Im Kabuki finden solche Szenen immer in geschlossenen Räumen statt, der Lauscher steht hinter einer Papierschiebetür. (Nun ja. Sowohl das Puppentheater wie das Kabuki sind antiquierte Künste des ostperipheren Archipels, die wahrscheinlich nicht mehr aufgeführt werden.)

Daß ich den obigen Satz so genau zitieren kann, liegt übrigens daran, daß ich mich in meinen Vierzigern einmal ein wenig in der Kunst des Puppenspiels geübt habe, und die eben erwähnte

»Stichverletzungs«-Szene geht mir seltsamerweise jetzt im Alter noch flüssig von den Lippen (da ich keine Stimme mehr habe, nur in meinem Kopf freilich, quasi »imagitonal«).

Lebhaft erinnere ich mich insbesondere an den Hinweis meines Lehrmeisters, der jünger war als ich, daß der Part »wacht ohne zu blinzeln« mit tiefer Stimme und angehaltenen Atems zu sprechen sei.

Nur der nicht blinzelnde Kakogawa ahnt in dieser Szene, wie die Geschichte weitergeht. Moronao und Takasada dagegen wissen kaum, wie sie miteinander umgehen sollen. Auch in diesem Sinne läßt sich sagen, daß Kakogawa quasi die Rolle des Erzählers innehat.

Dieses »Lauschen« war, wie wir Herrn Watanabes Opus magnum (das, da es sich um eine korrekte *Kritik*, nicht um einen irrigen *Roman* handelt, sicherlich in Bibliotheken zu finden ist und irgendwann von Ihnen zur Hand genommen werden kann) entnehmen dürfen, in den edozeitlichen Künsten eine wichtige Technik, die später, wie allgemein bekannt, in historischen Stücken, in als »Samuraischinken« bezeichneten Filmen und so weiter häufig zur Anwendung gekommen ist. Aufgegriffen wurde sie in der Standardfloskel des jeweiligen Helden, die regelmäßig für Lacher gesorgt hat: »Bis dahin hat man mich freundlicherweise zuhören lassen.«

Herr Watanabe interpretiert dieses »Lauschen« im Jahre, wenn ich nicht irre, 2010, vor nun schon recht langer Zeit jedenfalls, folgendermaßen (ich weiß nicht genau, wie alt er ist; bei seiner Konstitution sitzt er womöglich irgendwo in einem anderen Trakt, ohne, wie ich, den Grund seiner Einkerkerung erfassen zu können, und kann mich gerne korrigieren): Wer still im Halbdunkel lauscht, ist immer auch *der Leser selbst*. Damit sagt Herr Watanabe, wenn wir einen Schritt weiter gehen, klipp und klar, daß der Leser in diesem Moment eine Figur des Werkes ist.

Um bei meinem Beispiel zu bleiben: Wer »ohne zu blinzeln wacht«, ist Kakogawa, und zugleich ist es der Leser, der dieses liest. Oder, wenn es auf der Bühne stattfindet, hört.

»Der Leser«, schreibt Herr Watanabe eindringlich, »wird beharrlich ins Werk integriert, wird zu einer Figur des Werkes, und die Figuren des Werks nehmen unaufhörlich den Platz des Lesers ein.« Der Satz ist mir so genau im Gedächtnis wie ein berühmtes Bühnenzitat. Wer neben Kakogawa den Atem anhält, ist der Leser, und an dessen Stelle schiebt sich, umgekehrt, Kakogawa.

In der positionellen Hinsicht nämlich, ein Geschehen, an dem man selbst nicht beteiligt ist, das man heimlich beobachtet, ergründen zu wollen, nehmen sich Kakogawa und der Leser nichts.

Die Trennung findet einzig dann statt, wenn Kakogawa hervorstürzt; dann wird es je nach emotionaler Beteiligung sowohl Leser geben, die einen Schritt in die Szene tun, als auch solche, die »hinter dem Reisigzaun« bleiben.

Auf derselben Seite seines Buches, glaube ich, weist Herr Watanabe noch auf folgendes hin: Bei der Lektüre von Bakins *Nansō satomi hakkenden,* den »Chroniken der acht Hunde«, in denen vom »Lauschen« reichlich Gebrauch gemacht wird, befalle den Leser das immer stärker werdende Gefühl, daß bei den Unterhaltungen und Szenen, die er »belausche«, noch »jemand anders« »lausche«. Er fühle eine Anwesenheit, die Anwesenheit eines lauschenden Lesers, der seinerseits den lauschenden Leser belauscht.

Dieses Gefühl ähnelt vielleicht jenem, das man in der Welt des elektronischen Verbindungsnetzspielens hatte, das vor den Unruhen weltweit gleichzeitig verboten wurde; in jener trauten alten Welt, in die man sich synchron einschalten, in die man eintreten, in der man nach Belieben umherwandern konnte; in der man, wenn man sich etwas anschaute, das Gefühl hatte, als stünde neben einem noch jemand anders.

Auch wenn die Zeiten weit auseinanderliegen, auch wenn die Leseorte sich nie überlappen – sobald man in diese Welt hineinschaut, findet man das Gefühl, daß jemand anders dasselbe tut, nicht komisch.

Ich wiederhole: Der Leser wird dann zur Figur, und die Figuren rücken an die Stelle des Lesers.

Beim Akt des Lesens sind alle auf einer Linie.

*

Nao reagiert auf etwas, das sie in Jirōs Herzen liest.

Hamamura Ryūzō liest den Roman, in dem er selber vorkommt.

Kakogawa hält zusammen mit dem Leser den Atem an.

Solche Dinge geschehen im Roman.

Warum kommt es beim Roman dazu?

Warum glaube ich, daß es beim Essay nicht dazu kommt?

Ich werde weiter darüber nachdenken, wie ich Ihnen das in diesen Zeilen begreiflich machen kann. Um aufzudecken, daß der Roman ein hassenswertes, das Unbewußte mitschleppendes Etwas ist.

Ich werde auch weiter über den von Takizawa Bakin durch seine Technik des »Lauschens« erhellten Mechanismus, den vom frühmodernen und modernen Roman später stets verheimlichten Kunstgriff nachdenken.

Denn nur deshalb ist mir das Schreiben erlaubt: dies alles bloßzulegen.

*

Ganz nebenbei: Daß sozusagen auf der Ebene des Geschriebenen eine fragwürdige Dimension entsteht, gibt es natürlich auch bei Romanen des Mutterlandes. Das ist kein Charakteristikum des ostperipheren Archipels, sondern ein Problem des Romans an sich.

Nehmen wir aus dem Anfang der 2020er Jahre erschienenen und weltweit populär gewesenen *Yuegongdian baozou* (»Aufruhr im Mondpalast«) von Dong Yingming (bis kurz vor dessen Erscheinen die geistigen Mauern noch nicht so hoch waren und noch nicht so scharf mit Worten geschossen wurde) die Szene, in der die heldenhafte Yang Chunzhan lange von ihrer Kindheit erzählt.

In der abendlichen Sommerbrise auf dem Dorfplatz auf einer Schaukel sitzend, spricht Yang zu ihrem undeutlich in der Luft schwebenden zukünftigen Ich und zu dem Waisenmädchen Huang Aiai, das sie, Yang, in der Zukunft in der Hauptstadt zu politischer Macht gelangt, gewaltsam versklaven wird.

Daß Yang, erstens, so genau ihre eigene Zukunft kennt, ist ein belletristischer Trick, ein Abkürzungsverfahren des Autors, das uns Lesern die Lektüre dessen, was sich Dutzende Seiten später ereignet, erspart.

Daß, zweitens, die sich arglos zu Yang hingezogen fühlende Huang Aiai schließlich, modernem Recht Hohn spottend, versklavt wird, ist eine ironische Konstruktion, deren Faktizität, das heißt die Tatsache der Versklavung, Aiai, obwohl sie ihr unmittelbar zu Gehör gebracht wird, weder glaubt noch nicht glaubt. Yang Chunzhan Widerstand zu leisten, hat Aiai keine Lust. Ihr Herz schlägt schon höher, heißt es, wenn sie nur Yangs Stimme hört.

Die heldenhafte Yang Chunzhan erklärt auf der Schaukel, daß das Mädchen Huang Aiai eine Person sei, die ursprünglich womöglich gar nicht zur Welt gekommen wäre. Daß es deren ureigene Entscheidung gewesen sei, am Bein verletzt, das Licht der Welt zu erblicken. Und zwar nur, um Yang Chunzhan zu begegnen. Und auch Aiai gesteht, daß sie, wäre sie nicht geboren worden, nie diese blinde Hingabe hätte kosten können.

Ferner heißt es, daß alle Dorfbewohner hören, was erzählt wird. Yangs »Stimme« dringt an ihr Ohr, wieso, wird nicht erklärt. Das ist seltsam.

Die Alten des Dorfes, die etwas Jüngeren, die in der Landwirtschaft arbeiten, die Jungen, die den Handel mit der Stadt reformieren wollen, und die von morgens bis abends schlafenden Kinder, sie alle nehmen hier im Traum die Position ein, die Kakogawa in der »Geschichte der 47 herrenlosen Samurai« einnimmt. Sie »lauschen«.

Und wir Leser mit ihnen.

Und nun geschieht etwas noch Seltsameres. Die »Stimme« der auf der Schaukel hin- und herschwingenden, in allen Einzelheiten die Zukunft vorhersagenden Yang spaltet sich auf. Und je nach Hörer verändert sich die Geschichte.

Ich erinnere mich, daß der Vergangenheitsbeschreibung, in Yangs Kindertagen hätten mitten durch die kornbestandene Ebene Schienen geführt, der Satz folgt: »Das war, was manche hörten.«

Dann kommen andere, die »Es hatte lange nicht geregnet, das Korn war überall verdorrt« hören, und alte Weiber, die »Es wogte gülden bis über die Zeit, das Korn in den Speichern quoll über« vernehmen. Und es gibt welche, die »Auf den Bergen, wo die Wölfe umherstreunten, standen zahlreiche riesige Rechnertürme, die über Funk Mneme in die Ähren blitzten, die unter der Erde in einem fort berechnet wurden« hören.

Mit anderen Worten: Alle Vergangenheiten und Zukünfte erscheinen nur in den Hirnen der Lauscher. Wenn dem nicht so wäre, erwiese sich die wahre Geschichte des Dorfes, die doch nur eine sein kann, als Hirngespinst.

Vielleicht hatte die »Stimme« dieser einen Frau, der Erzählerin und stämmigen heldenhaften Yang Chunzhan, die, mit bloßen Händen kämpfend, nie je besiegt worden war, die Kraft, alle seit der Prähistorie vorhandenen Möglichkeiten zugleich in die Welt zu setzen.

Bemerkenswert ist, was Huang Aiai sagt, nachdem sie alles angehört hat: »Ihr, Frau Yang, kommt mir vor wie ein Buch.« Worauf sich uns die heldenhafte Yang Chunzhan, vom Wind erfaßt, als tausend blätternde Seiten zeigt.

»Trotzdem wird die Zukunft vielleicht anders sein als die, die Ihr erzählt habt. Ich glaube ganz gewiß, daß es auch eine Zukunft gibt, in der ich nicht Eure Sklavin bin. Und eine Vergangenheit ebenso. Und doch werde ich Euch immer bei mir haben wollen.«

Kaum hat Aiai das mit wenig mädchenhafter Entschlossenheit gesagt, löst das Buch sich auf, wird Papier, fliegt Seite um Seite in den Himmel über dem dämmrigen Platz.

Was soll das, diese absonderliche Welt?

Im Essay jedenfalls kann man so eine wunderliche Szene nicht schreiben, und man sollte sie auch nicht schreiben.

AUFRUHR IM MONDPALAST: ZU PRÜFEN
BEHANDLUNG: MODERAT
DISZIPLINIERUNG: NACH MITTEILUNG

5

Der schönen kalendarischen Vergleichstabelle zufolge befinden wir uns schon in der zweiten Pentade *rikka,* »Sommeranfang«. Da ich in meinem Zimmer keinen Kalender habe, halte ich mich, was die Jahreszeiten angeht, streng an das *Requies*-Januarheft. Die zweite Pentade Sommeranfang heißt *mimizu-izuru,* »die Zeit, in der die Würmer aus dem Boden kriechen«, auf dem ostperipheren Archipel wie im Mutterland. Die erste Pentade, das war vor circa fünf Tagen, soll die Zeit sein, »in der die Frösche anfangen zu quaken«. Auch das ist hier wie dort dasselbe.

Wie auch immer: Jetzt ist die Jahreszeit, in der das Leben erwacht.

Ich spüre jedenfalls, daß das durchs Fenster fallende Sonnenlicht an Kraft gewonnen hat. Ob wohl eine laue Brise das schmutzigweiße Plexiglas streift?

Ich schlafe eingemummt in alle Decken, die man mir gegeben hat, stehe des nachts mindestens viermal auf, um Wasser zu lassen, wandere vormittags und nachmittags langsam die vier Ecken des Zimmers ab, schlurfe dann in meinen an den Fersen heruntergetretenen Lederschuhen über den immer noch kalten Fußboden zurück an den Tisch und schreibe in das Heft, das man mir freundlicherweise zugeteilt hat.

Alles erinnert einen an irgend etwas.

Dieser Satz des aus dem dekadenten Land stammenden Literaten, der den Roman *Der alte Mann und das Meer* geschrieben hat, rührt aus der Zeit kurz vor seinem Selbstmord, aber er drückt wunderbar aus, was Alter heißt. Auch ich, der ich seit zwölf Jahren in diesem weißen Mauerkubus lebe, praktisch ohne Mobiliar, ohne alle Dinge des Lebens, erinnere mich fortwährend an irgend etwas.

Die Erinnerungen kriechen wie Würmer hervor und winden sich über die Erde. Im Kopf lasse ich sie geflissentlich wieder aufleben, gebe ihnen so Wasser, damit sie nicht vertrocknen. Aber es sind natürlich zu viele, die meisten, scheint mir, habe ich zugrunde gerichtet.

Dieses Schuldgefühl erinnert mich an einen anderen Kubus. Er war ebenso weiß, aber klein, ein Porzellanbehälter; er steckte in der Frisiertischschublade meiner Frau. Was darin war, habe ich nie gesehen, aber man hat mir gesagt, es seien gefaltete Quittungen des Arztes gewesen, den meine Frau konsultiert habe, und Bescheinigungen über irgendwelche medizinischen Behandlungen, denen sie unterzogen worden sei.

Mir ist das nie aufgefallen. Was meine Frau in jenem Kubus so sorgsam für die Nachwelt gehütet hat. Daß sie fest geglaubt hat, das Kind sei geboren worden.

Daß man einem Wesen, das nie das Licht der Welt erblickt hat, einen Namen gab und ihm ein Totentäfelchen widmete, hatte ich nicht zulassen wollen. Ich glaubte, meine kränkliche Frau würde sonst, für immer in der Vergangenheit verhaftet, nur noch dahinsiechen.

Das schwache Geräusch, das damals aus jenem Kubus drang, habe ich immer noch im Ohr.

Wenn ein Ungeziefer durchs Zimmer kriecht oder ein Lüftchen die draußen an der Mauer sprießenden Blätter durchraschelt, wenn jedenfalls ein feines, trockenes Geräusch an mein Ohr dringt, höre ich jetzt, scheint mir, was ein alter Freund, sein Atem roch nach Alkohol, mir zugeflüstert hat. Das war, als ich gedachte, den zweiten meiner erwähnten literaturkritischen Bände herauszubringen. Er hat gesagt: Flieh! Flieh!

Ich war von meiner Arbeit überzeugt, aber mein älterer Freund, am Revers das Abzeichen der Unterstützer der Regierungsbewegung, holte im Hinterzimmer seines kleinen Werbe- und Anzeigenbüros einen weißlichtrüben Schnaps vom Regal, nahm ein paar Schluck direkt aus der Flasche, bot ihn auch mir an und sagte mit glasigem Blick, zusehends gereizt: Scheiß auf deinen Ruf als Kritiker, Mann, flieh!

Ich erinnere mich an seinen Alkoholatem und an den Ton seiner Stimme. Er ähnelte dem leisen Geräusch, das ich einmal als Kind, als ich tagelang mit hohem Fieber im Bett lag, ohne Unterlaß an meinem Kissen vernommen habe.

Ich wiederhole: Ich hatte nur eine typische literaturkritische Arbeit geschrieben, weiter nichts. Weshalb mußte ich also fliehen? Und wurde tatsächlich eingesperrt? Ich erinnere mich noch sehr genau an die beklemmenden Restriktionen der freien Meinungsäußerung, die damals geherrscht haben.

Weshalb hatte ich zu Beginn jener Zeit, in der man selbst mit Werken wie *Filagen für Anfänger, Unzeitgemäße Filagen* und Artikeln, die im Titel nicht den geringsten politischen Bezug aufwiesen, für gefährlich gehalten wurde, und in der niemand einem sagte, weshalb, plötzlich dieses feine, eine leichte Scham auslösende Geräusch in den Ohren, ein Geräusch wie von raschelndem Papier oder tief ins Gehör dringenden Seufzern?

Ich erinnere mich, daß ich es zuerst bei der Warnung meines älteren Freundes hörte, dann am Telefon, wenn ich mit dem jungen Redakteur mit dem seitlich gescheitelten, pomadisierten Haar sprach, erinnere mich, daß es sich in das Geräusch mischte, wenn meine Frau, die damals noch lebte, leise zum Einkaufen das Haus verließ, in das Klicken der Haustür, wenn sie zurückkam, daß es bei den abendlichen Fernsehnachrichten zu hören war, und daß ich deshalb tatsächlich mehrfach den Ohrenarzt aufgesucht habe.

Das Geräusch, das jetzt, genau jetzt durch die Mauern dringt, hat eine rein natürliche Ursache. Das weiß ich. Die damaligen Widersinnigkeiten gibt es ja nicht mehr.

Wieviele Menschen haben im vorigen Jahrhundert nach dem Zweiten Großen Krieg wohl de facto gedacht, daß eine Zeit wiederkäme, in der man wieder mit dem Finger auf Zweifler an der Gesellschaft zeigen und sie als Landesverräter beschuldigen würde? Daß aus dem unbewußten Neid auf Leute, die »nicht die Zähne zusammenbeißen«, Speichellecker der Macht sich zusammenrotten und regierungskritische Personen niederschreien würden? Daß tagelang und nächtelang Sklavengesinnung – »Was ertragen wir nicht alles, und ihr maßt euch Kritik an?« – den Archipel überbrausen und in tiefstes Schwarz hüllen würde?

Das niederzuschreiben werde ich nicht müde.

Und dann der Konflikt in Asien: Als er schließlich ausbrach, hörte ich das Geräusch nicht mehr, das weiß ich noch.

Als Kind habe ich mich immer gefragt, was mir dieses Geräusch wohl sagen will. Dieses schneeweiße Geräusch, das sich auch jetzt, wenn ich an den Frisiertisch meiner Frau denke, tatsächlich in meinen Ohren bemerkbar macht.

Ist es ein »Imagiton«?

»Imagitöne« sind nach meiner Definition allerdings Töne, die sich beim Lesen einstellen. Heißt das, daß ich die Erinnerung an meine Frau, die Erinnerung an meinen alten Freund *lese*?

Noch bevor ich sie hinschreibe?

Vielleicht kommt mir die Erinnerung an etwas tatsächlich erst dann, wenn ich den Füller aufs Papier setze. Wenn ich, in einer Ecke des Zimmers an die Wand gelehnt, vor mich hinbrüte, blitzen wie im Traum nur Splitter von Reminiszenzen auf, die ich nicht festhalten und nachverfolgen kann; erst beim Schreiben gewinnen sie Gestalt, und hingeschrieben erst werden sie zu tatsächlichen, nicht zurückzunehmenden Erinnerungen.

Was heißt, daß ich meine Erinnerungen womöglich erfinde.

Wie es der verabscheuungswürdige Roman tut.

Ich will weiter meinen Füller traumerwachten Bewußtseins und so präzise führen, wie ich nur kann. Ich will ihn so führen, daß das Schreiben mich, der ich die Freiheit, schreiben zu dürfen, wiedererlangt habe, nicht einschläfert – jetzt, wo ich wieder ohne jede Einschränkung aufzeichnen darf, was ich aufzeichnen möchte.

*

Lassen Sie mich in diesem Heft, da mein Essay nun zufällig diese Wendung genommen hat und mir ein frischer Gedanke gekommen ist, zunächst einige Worte über den bedenklichen Zusammenhang von Roman und Traum zu Papier bringen.

Ich vertrete schon seit langem die Ansicht, daß es ein Genre »Traumroman« gibt. Verstehen Sie das bitte nicht als Roman, von dem man träumt, als Gipfel des Romans, sondern als trauminduzierten Roman.

Ich zitiere ein Beispiel: »Als … aus unruhigen Träumen erwachte.« So beginnt der im Aprilheft bereits erwähnte Kafka seine Erzählung »Die Verwandlung«, in der der Protagonist plötzlich zu einem Ungeziefer wird.

»Als … aus seinem Dösen erwachte.« Das ist der Anfang von Natsume Sōsekis *Sanshirō*, der Szene im Zug.

Auch Natsumes *Sore kara* beginnt mit einem Traumerwachen. Der Held Daisuke sieht im Traum Holzsandalen über seinem Kopf schweben, worauf es heißt: »Da erwachte er.«

In bewußter Fortsetzung des »Traumromans« habe ich vor dreiundzwanzig Jahren meine eigene Novelle »Nase und Maske« so begonnen (da es sich um ein Werk von mir selbst handelt, dürfte das Zitat sehr genau sein. Falls nicht, brauchen Sie es mir aber nicht zukommen lassen; ich gehe lieber mit einem großen Werk aus fremder Feder zu Bett als mit einem eigenen): »Eines Morgens, lieber Leser, trug es sich zu, daß ich, allmählich aus dem Traum gezogen und wie eine Qualle am Meeressaum in und wider die Zeit geworfen, von der schwellenden Flut unwiderruflich mitgerissen, in der Wirklichkeit anlandete.«

In »Nase und Maske« wird beschrieben, wie die Zeit nach dem Zweiten Weltkrieg, die Nachkriegszeit, zusehends zur Vorkriegszeit wird, wobei der Traum die siebzigjährige Nachkriegswirklichkeit ist und der danach einsetzende Roman an sich die alptraumhafte, aber schmerzlich vorausgeahnte Realität.

Der eben mit zwei »Traumromanen« vorgestellte Natsume Sōseki hat übrigens, wie Sie, wenn Sie vom ostperipheren Archipel stammen, wissen, umgekehrt auch »Träume aus zehn Nächten« geschrieben. Vier der kurzen Stücke beginnen mit »Ich träumte: ...« Es ist gleichsam, als hätte Sōseki geträumt, und die Stücke wären beim Erwachen entstanden.

Warum ist das so? Warum sind die herausragenden Werke der Literaturgeschichte (natürlich einschließlich meiner; zählen Sie sie bitte unbedingt dazu) derart traumbewußt?

Über diese Frage habe ich mir tatsächlich dreißig Jahre lang den Kopf zerbrochen. Bisher habe ich immer mit der Hypothese gearbeitet und das auch in meinen *Filagen für Anfänger* geschrieben, es sei eine Emphase von »Was jetzt kommt, ist die Wirklichkeit, nichts als die Wirklichkeit«, eine Methode, den Ausweg, alles sei nur Traum gewesen, zu versperren.

Aber im Überdenken eines Satzes, den ich vor ein paar Tagen

im vorigen Abschnitt geschrieben habe (»erst beim Schreiben gewinnen sie Gestalt«), bin ich hier in meiner Zelle auf eine bessere, präzisere Antwort gestoßen: Alles Denken ist bis zum Schreiben dispers, existiert gleichsam nur wie Geträumtes.

Wie präzise auch immer sich jemand eine Romanhandlung auszudenken imstande sein mag – sobald er sie aufzuschreiben beginnt, schleichen sich die unerwartetsten Sätze ein. Wenn beispielsweise mehrere Ideen zugleich das Gehirn okkupieren und die eine ja nur, die hingeschrieben werden kann, in ihrem ihr eigenes Weiteres erzwingenden Verlauf verfolgt wird, ändert sich notwendigerweise das Ursprungskonzept.

Hinzu kommt, daß Schreiben gerne aus dem Ruder läuft, daß die Sätze selbst dem Eigentlichen zuwiderlaufende Sätze mitbringen, einfach so. Jeder, der schreibt, kennt das. Sätze haben ihren eigenen Fluß, und wenn der Schreiber etwas ausdrückt, locken sie ihn deshalb: »Komm hierher!« »Hier entlang, hier entlang!« Zwar liegt es am Autor, eine solche Schleife zu integrieren oder, wenn er glaubt, damit abzugleiten, anders fortzufahren, seine Handlung aber wird, wenn er auf diese Weise seiner Feder folgt, nicht den geplanten Verlauf nehmen.

Der Essay kann zwei, drei Varianten geben und damit spielen. Für den Roman dagegen, vor allem für den realistischen Roman, der wirklichkeitsnah sein muß, ist das ein Ding der Unmöglichkeit.

Von Natsume Sōseki gibt es das berühmte Wort: »Mehrere Existenzen können nicht ein und denselben Raum einnehmen.«

Bis heute ist man der Ansicht, glaube ich, dieser Satz bezöge sich auf den Menschen und die Gesellschaft. Daß in einer Dreierbeziehung nicht zwei Personen die Ehefrau sein können, daß die Geschichte singulär ist, daß die Menschheit nur einmal wählen kann.

Was aber, wenn man den Satz als Grundlage des »Schreiben«

genannten Aktes auffaßte? Als williges Akzeptieren der zwangsläufigen Unfreiheit, aus der unendlichen Menge der möglichen Sätze nur einen einzigen auswählen zu können?

Wäre das nicht »Traumerwachen« an sich?

Und der Satz bedeutete, mit einem Wort, *leben*?

… Aber nein, daß so etwas wie der Roman unsere Seinsweise deutlich machte, das ist lächerlich, nicht wahr? Genaugenommen bewirkt das auch ein Blick auf die Uhr.

Ich habe hier in meinem Zimmer zwar keine, aber nehmen wir an, daß irgendwo jemand sich der genauen Uhrzeit vergewissert – dann gibt es dort diese Zeit und keine andere. Wenn Sie gerade eine Mücke erschlagen haben und dessen gewahr sind, ist die Mücke diese Mücke und keine andere. Denn »mehrere Existenzen können nicht ein und denselben Raum einnehmen«.

Was ist, umgekehrt, ein Autor, der, auch wenn er keinen Roman schreibt, nicht imstande ist wahrzunehmen, daß die Welt, die er sieht, nur einmal so sein kann, wie sie ist?

In diesem Sinne bin ich jetzt, der ich das, was ich eben gedacht habe, nach rascher Prüfung Ihnen allen frei von der Leber übermitteln kann, der wahre Schreiber. Und zwar um so mehr, als ich selber einen »Traumroman« geschrieben habe, jetzt dessen literarischen Wert verstehe und zudem zur gegenteiligen Auffassung gelangt bin.

Ist es nicht so?

Also, liebe Leser, wacht auf!

*

Nun haben wir in einem fort den Roman und den Essay umkreist, den entscheidenden Unterschied aber immer noch nicht klar dargelegt.

Jetzt aber will ich, auch wenn die Sache kompliziert zu werden verspricht, unbedingt die Gelegenheit wahrnehmen und versuchen, zum Kern des Problems vorzustoßen. Dafür gewährt man mir schließlich die viele Zeit in diesem Zimmer.

Nachdem ich dies und jenes notiert, zusammengefaßt und neu gefaßt habe und schließlich, wie ich meine, die dem Roman und dem Essay je eigenen Grundsätze entdeckt habe, bin ich nun soweit, denke ich, sie guten Gewissens in dieser Broschur zu präsentieren.

Betrachten wir zunächst das folgende Diagramm. Es zeigt, was ich für die Grundstruktur des Romans halte.

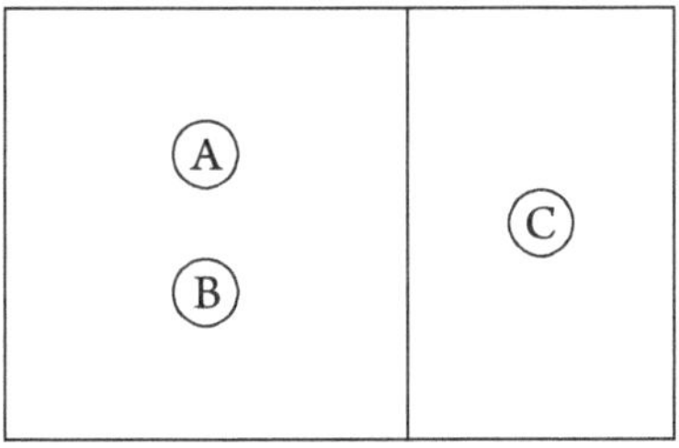

Wir sehen ein großes Viereck. Die in der abgeteilten linken Seite notierten A und B sind die Figuren des Romans. In der *Kōjin*-Szene, um bei unseren Beispielen zu bleiben, Nao und Jirō. In *Das Ende der Welt, Zeit der Zeiten* Akiyuki und Hamamura Ryūzō. In der »Geschichte der 47 Samurai« Kō no Moronao und Enya Takasada.

Der Raum links gibt also die den Schauplatz des Geschehens gestaltenden Figuren. Das etwas kleinere Viereck rechts ist das »Lausch«zimmer. Darin befindet sich C, der »Lauscher«.

Fangen wir mit der »Geschichte der 47 Samurai« an, dort liegt die Sache einfach. C ist Kakogawa. In der bloßen schematischen Darstellung wird schon deutlich, wie er sich hinter dem Reisigzaun ohne zu blinzeln gespannt bereithält, nicht wahr?

Für *Das Ende der Welt, Zeit der Zeiten* zeigt das Diagramm meine Lesevariante. Hamamura, C, »liest«, wie im Nebenzimmer er selbst und Akiyuki aufeinandertreffen. Er »lauscht«, vielmehr »liest mit«.

Wie verhält es sich nun bei *Kōjin*?

Wie im vorigen erklärt, befinden sich nahbei keine weiteren Personen. C ist der Leser. C sind, ganz recht, Sie.

Von Nao und Jirō ungesehen, hört – und sieht – C, was die beiden reden. Das liegt in der Natur des Lesens. Allerdings »lauscht« der Leser nicht, und er liest auch nicht »mit«.

Der »wahrhaft realistisch schreibende« Roman schreibt mithin auf der Prämisse, daß der Leser nicht existiert. Er tut so, als gäbe es den Leser nicht, als existierte die beschriebene Szene ganz objektiv, als wären in dem Raum nur Nao und Jirō. Obwohl de facto doch Sie nebenan »lesen«.

Fügen wir also dieses »Lauschen« oder »Mitlesen« einmal in unser Diagramm ein. Dann haben wir, bei *Kōjin,* im rechten Zimmer »C (der Leser)«.

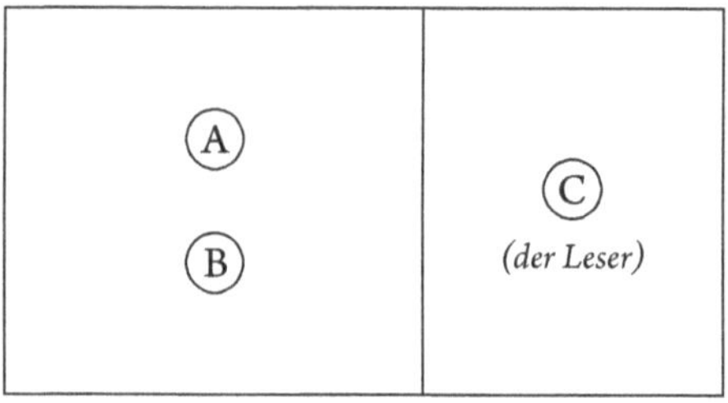

Was machen wir bei *Das Ende der Welt, Zeit der Zeiten*? Schreiben wir in den rechten Raum einmal »C (der Leser)« hinein und dazu, da Hamamura danach trachtet, vom Leser/Autor nicht entdeckt zu werden, den sich im Hintergrund versteckt haltenden »C (Hamamura)«. Ferner gibt es den unbewußten Leser Akiyuki, der sich vor Hamamura zu verstecken trachtet.

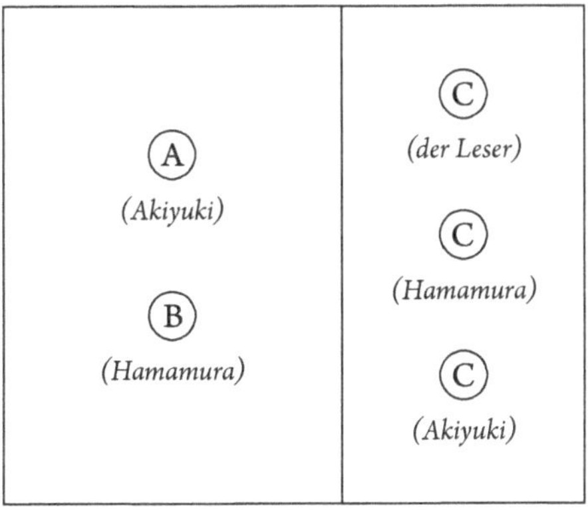

Bei der »Geschichte der 47 Samurai« sieht das Diagramm folgendermaßen aus:

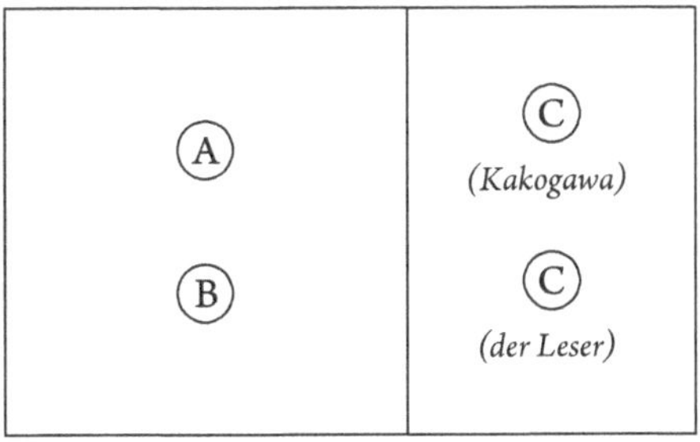

Auch hier ist C der Leser, beobachtet aber, weil er genau weiß, daß Kakogawa »lauscht«, vom Hintergrund aus. Ganz nebenbei: »Die Geschichte der 47 Samurai« ist ein Werk aus der Epoche vor dem »wahrhaft realistischen Schreiben«; die Einfügung eines Leserstellvertreters in die Szene geschieht in der klaren Absicht, die Spannung zu erhöhen.

Die Unterschiede in den drei Diagrammen betreffen jedenfalls immer die C-Seite. Und allen Cs ist ein Merkmal unabdingbar gemein: Sie sind stets »verborgen«.

Ich schreibe es noch einmal:

C ist stets »verborgen«.

Im vormodernen Roman war das anders. Daß sich ein Autor mit Einschüben wie »Die Geschichte, lieber Leser, geht noch weiter« des fortwährenden Interesses des Lesers versicherte, war gang und gäbe.

Dabei fällt mir eine berühmte Stelle aus Futabatei Shimeis *Ukigumo* (»Ziehende Wolken«) ein, jenem Werk, das auf dem ostperipheren Archipel »als erster moderner Roman« bezeichnet wird. Wenn Sie sich übrigens irgendwo ein Foto Futabateis anschauen können, tun Sie das bitte unbedingt. Der Mann sieht mir unglaublich ähnlich. Man könnte ihn glatt für einen Verwandten von mir halten.

Aber davon abgesehen: Zu Beginn der »Ziehenden Wolken« wird beschrieben, wie der Protagonist ein zweistöckiges Haus betritt. Und dann sagt der Erzähler: Treten wir einmal mit ein.

Wen meint er mit »wir« und »mit«? Zuerst den Protagonisten. Und dann natürlich sich selbst, den Erzähler. Und dann ist noch jemand da, der Leser, der, beachten Sie das bitte, direkt angesprochen wird. Der sich im Verborgenen wähnte, lesend, und auf einmal angesprochen wird.

Dieser eine Satz, kann man sagen, verbindet das Gefäd des vormodernen Romans mit dem des modernen (was ich in meinen 2023 erschienenen *Unzeitgemäßen Filagen* im einzelnen dargelegt habe). Allerdings verzichtet Futabatei bis hin zum Vorwort des dritten Teils, mit dem er sich vom Schreiben zurückzog, nicht darauf, sich unmittelbar an den Leser zu wenden. Er schreibt: »Ich weiß wohl, daß weder die Personen noch die Ereignisse der Rede wert sind.« (Die für mich zuständigen Herren Aufseher waren übrigens so liebenswürdig, mir nach *Kōjin* auch Taschenbuchausgaben von *Chi no hate shijō no toki* (»Das Ende der Welt, Zeit der Zeiten«) und *Der Process* zukommen zu lassen, um achtzuhaben, daß mein Essay keine fehlerhaften Zitate enthält. Falls irgend möglich, erbitte ich für das Weitere meiner Romankritik ergebenst auch ein Exemplar von *Ukigumo,* beeile mich aber, sollte dies ein zu dreistes Anliegen sein, hinzuzufügen, mir das wieder durch strenge Maßregelung anzuzeigen.)

In dem dritten Teil selbst aber, in dem er zum Kern seines avantgardistischen Experiments vordringt, gibt Futabatei, wie ich mich erinnere, den Dialog mit dem Leser auf. Zwar läßt sich, da *Ukigumo* – wie viele Werke Kafkas – unvollendet blieb, nicht entscheiden, inwieweit das von Futabatei beabsichtigt war, doch kann der Leser jedenfalls diesen dritten Teil so lesen, als wäre er nicht dabei.

Daß man diesen Roman auf dem ostperipheren Archipel als Beginn »wahrhaft realistischen Schreibens« bezeichnet, ist deshalb nur natürlich: Hier gelingt es, den Leser vollständig dem Blick zu entziehen, und indem der Autor dies tut, gewinnt der Roman die Struktur, die er hat.

Und wie verhält es sich nun beim Essay? Wie, verehrter Leser, hat das viereckige Schema dort auszusehen?

BEHANDLUNG: MODERAT
DISZIPLINIERUNG: MITTELSCHWER
ERHÖHUNG DER PHARMAKADOSIS

6

Wenn dies erscheint, wird wieder ein Monat vergangen sein.

Ich muß gestehen, daß ich nach der Niederschrift des Manuskripts für das vorige Heft, bei der ich mich der Kernfrage sehr nah gekommen zu sein glaubte, in ziemlicher Verwirrung war und immer wieder neue Diagramme gezeichnet habe. Im Alter will der Kopf nicht mehr so. Nein, ich bin einfach zu dumm.

Ich schlurfte die kalte Wand entlang, hin und zurück, hockte mich, weil ich nicht weiterkam, auf den Boden, barg den Kopf in den Händen und stöhnte so oft, daß der für mich zuständige, aus Malaysien stammende Herr Beamte, den ich schon erwähnte, die Liebenswürdigkeit hatte, mich durch das oben in die Tür eingelassene Sichtfenster hindurch anzusprechen.

Und heute nachmittag stattete mir Herr Liang, der zuständige Redakteur der Hefte, einen zweiten Besuch in meinem Zimmer ab, eine Freundlichkeit, für die ich gar nicht genug danken kann. Ich sage zweiter Besuch, weil Herr Liang im Rahmen seiner üblichen Arbeit schon heute morgen die Güte hatte, sich ein Weilchen zu mir an den Schreibtisch zu setzen.

Er kam schnurstracks in mein Zimmer, sah sich die vielen Entwürfe in meinem Notizheft an, schloss, als er begriff, daß ich seit dem Morgen mit meinen unbeholfenen Erklärungen keinen Schritt weitergekommen war, die Augen, dachte kurz nach und korrigierte dann mit ruhiger Hand ein von mir gesondert gezeichnetes Diagramm. (Zum Ausdruck meines tiefempfundenen Dankes und meiner großen Hochachtung habe ich mir hier erlaubt, Herrn Liangs mir zu Ohren gekommenen Namen wiederzugeben. Falls dies nicht gelegen sein sollte, streichen Sie ihn bitte.)

Herr Liang ist ein wirklich brillanter, außerordentlich begabter Mann: Er, der sich nach eigenem Bekunden noch nie mit Literatur beschäftigt hat, erstellte am Ende leichthin eine grundlegende Literaturtheorie.

Zunächst klopfte er mit dem stumpfen Ende eines Bleistifts auf mein Diagramm und sagte mit gedämpfter Stimme: »Was ist das? Nur damit ich es richtig verstehe.«

Dem in der Sprache des ostperipheren Archipels gleich zur Sache kommenden Herrn Liang ist aufrichtig zu antworten, und da ich schon lange keine Stimme mehr habe, schrieb ich ihm schnell auf ein Stück für die schriftliche Kommunikation zurechtgeschnittenes Papier: »Die Struktur des Essays.«

»Nein nein. Ich meine den Raum rechts.«

Ich schrieb sofort wieder in großer Füllerschrift: »Der Platz des Lesers.«

»Hmm – dann müßte aber …« sagte der junge Herr Liang und sah mich aus seiner weißen Schutzkleidung heraus scharf an. »Herr 89, wo ist der Autor?«

»86.«

»Ach ja. Herr 86.«

»Der lauscht.«

»Das dachte ich mir. Das muß vorab mit hingeschrieben werden, sonst wird das kein allgemeingültiges Diagramm«, bemerkte Herr Liang laut. Ich hatte den Eindruck, daß er dabei spöttisch gelacht hat. Sicher bin ich mir aber nicht. Er trug ja seine Ganzkörper-Schutzkleidung, und ich hatte mich noch einmal über das Diagramm gebeugt.

Jedenfalls löste er anschließend ohne viel Federlesens das Problem, das mir so viel Kopfzerbrechen bereitet hat.

»Herr 89, so versteht man am Ende weder Roman noch Essay.«

Ich glaube, ich klappte nur den Mund auf und zu. Als ich begriff, daß Herr Liang mir nichts dir nichts zum Kern der Sache vorgestoßen war, schien mein Hirn nur noch leise zu brummen, drehte leer. Auch wenn Herr Liang sich bei meiner Gefangenennummer, die zu berichtigen ich mir die Freiheit genommen hatte, wieder vertan hat.

»Sie haben geschrieben, der Autor sei immer der erste Leser, nicht wahr? Wollen Sie also nicht rechts in allen Ihren Diagrammen ›der Leser / der Autor‹ nachtragen?«

Ich nickte natürlich.

Darauf ließ Herr Liang mich die Diagramme, die ich zu *Kōjin, Das Ende der Welt, Zeit der Zeiten* und zur »Geschichte der 47 Samurai« in mein Heft geschrieben und als Manuskript eingereicht hatte, hervorholen, trug neben »der Leser« jeweils » / der Autor« ein und kam schließlich auf den Essay zu sprechen.

Er zeigte auf das Papier mit dem neuen Diagramm

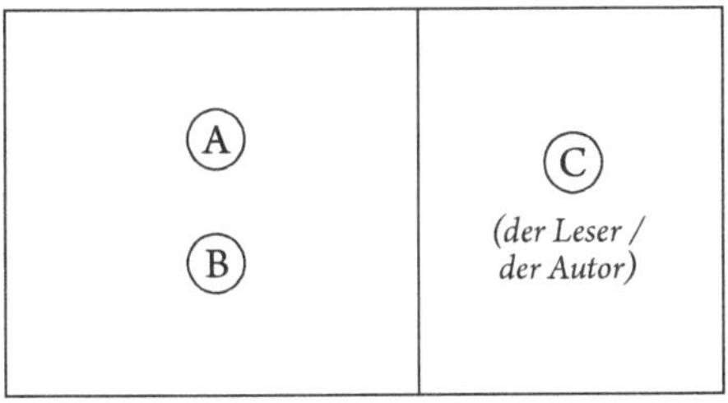

und sagte: »Betrachten wir die *Kōjin*-Szene einmal unter der Annahme, sie wäre als Essay geschrieben worden, und konzentrieren wir uns ausschließlich auf den Platz des Autors.« Wenn, fuhr er fort, als führte er ein naturwissenschaftliches Experiment durch, die Szene mit Nao und Jirō als Essay geschrieben worden wäre, wäre der Autor erstens entweder mit A und B im Raum links, das heißt im selben Zimmer gewesen oder hätte, zweitens, hinterher von jemandem, der mit im Zimmer war, von der Sache gehört oder, drittens, im Zimmer beziehungsweise im Zimmer nebenan die Sache »belauscht« oder »beobachtet«. Eine andere Möglichkeit gäbe es nicht.

»So weit, so gut, nicht wahr?«

Herr Liang trug das in einem Zug vor, und ich nickte nur, wie zuvor. Gerade wie bei der Tatorteinvernahme eines Verdächtigen.

»Das heißt also, Herr 89, daß beim Essay in allen denkbaren Fällen der Autor nicht verborgen sein kann. Nicht wahr?«

Ich schrieb nur »?« und sah Herrn Liang dabei an. Ich hatte keine Ahnung, was er meinte. Herr Liang bedachte mich aus seiner Schutzkleidung heraus mit einem langen Blick, setzte sich auf den ihm vorbehaltenen Stuhl mir gegenüber an den Schreibtisch und sagte: »Im Essay kann man den Sachverhalt nur klar wiedergeben, wenn man entweder selbst im Zimmer mit anwesend gewesen ist oder im Nebenzimmer mitgehört hat. Sonst wird das Verhältnis zu den auftretenden Personen nicht klar, nicht wahr?«

Mit anderen Worten: Der Essayist kann vor dem Leser nicht im Verborgenen bleiben. Den Punkt hatte Herr Liang für mich gelöst.

»Weiter, Herr 89. Wie steht es nun dabei mit dem Leser, der die Sache liest? Kann der im Verborgenen bleiben? Was meinen Sie?«

Offenbar wollte Herr Liang nicht selbst die Antwort geben, sondern mir die Ehre der Entdeckung überlassen.

Der Leser … überlegte ich angestrengt. Der Leser kann dabei … ja, ist dabei im Verborgenen.

Ich schrieb nur »Ja«. Die Sache schien mir klar.

»Tatsächlich? Ist das so?« Herr Liang war aufgestanden und ging, als spazierte er in seinen Gedanken umher, zur anderen Seite des Zimmers. »Bedenken Sie, Herr 89. Der Autor kann nicht im Verborgenen sein. Für wen schreibt dieser Autor?«

Ich schrieb wieder »?«, auch weil Herrn Liangs gedämpfte Stimme akustisch kaum zu verstehen war, aber Herr Liang drehte sich um, ohne das dumme Fragezeichen zu beachten, und sprach weiter.

»Daß bloß der Autor anwesend ist, ist eher unmöglich. Selbst rein persönliche Aufzeichnungen werden doch, sobald sie ans Licht kommen und von jemandem gelesen werden, als Miszellen klassifiziert.«

Mir blieb der Mund offen. Die Logik dieses immer nur Soldat gewesenen Herrn Liang machte mich sprachlos.

»Ich will nicht vorgreifen, Herr 89. Eigentlich müßte man die genaue Prüfung der verbleibenden beiden Beispiele abwarten. Aber ich habe das Gefühl, daß es sich dort ebenso verhält.«

Herr Liang, das Haupt gesenkt, kam zum Schreibtisch zurück. Sein weißer Schutzanzug stand von den Schultern bis zu den Hüften im Glanz des durch das hohe Fenster fallenden Sonnenlichts. Es war überwältigend. Er strahlte das Selbstbewußtsein und die Seligkeit einer Person aus, die einer höheren Gnade teilhaftig wird, und brachte seine Beweisführung stringent zu Ende.

Herrn Liangs bis dahin zur Schau gestellte Eloquenz ließ in mir den schändlichen Verdacht aufkommen, daß jemand meine zerknüllten Notizen der letzten Tage aus dem Papierkorb gefischt und gelesen haben mußte, und daß dieser Jemand höchstwahrscheinlich Herr Liang war, oder daß ein auf den Schreibtisch gerichtetes Bildaufzeichnungsgerät im Sichtfenster der Tür stets mitgelesen hatte, jeden kleinen und kleinsten Buchstaben.

Zugleich aber breitete sich langsam wie Frühmorgendunst in den Bergen in meinem Hirn ein Zweifel aus. Er betraf den sogenannten *shi-shōsetsu* oder *watakushi-shōsetsu,* die »autobiographische Fiktion.«

Worauf Herr Liang umgehend sagte: »Bleibt noch die Frage der ›autobiographischen Fiktion‹, nicht wahr, Herr 89?«

Er durchschaute mich.

Wie Nao in *Kōjin.*

Wie Hamamura Ryūzō.

Und Herr Liang *las* mich weiter.

»Sie haben den Eindruck, daß ich in Ihr Herz schaue?«

Ich konnte nur nicken.

»In dem Sinne, daß ich Ihr Leser bin, trifft das zu. Ich lese alles, was Sie schreiben.«

Mir lief es kalt den Rücken hinunter.

»Sie zu beaufsichtigen«, fuhr Herr Liang fort, »ist meine Pflicht.«

Ich glaube, ich runzelte die Stirn. Pflicht, ja, aber bis hin zur Frage der autobiographischen Fiktion?

Herr Liang schloß das Kabel des kleinen Kühlgerätes, das er auf dem Schreibtisch abgelegt hatte, in Hüfthöhe an der dafür vorgesehenen Öffnung in seiner Schutzkleidung an und fuhr, nachdem er sich geräuschvoll Kühlung und frischen Sauerstoff zugeführt hatte, fort: »Ich habe alle Ihre Schriften gelesen. Über alle Inhaftierten, für die ich zuständig bin, gleichermaßen gut Bescheid zu wissen, gehört zu meiner Arbeit. Ich habe deshalb sowohl Ihre Romane gelesen als auch natürlich die beiden Literaturkritiken, die Sie in der Dekade vor dem Konflikt geschrieben haben. Und deshalb weiß ich, daß Sie die autobiographische Fiktion logisch nicht durchdrungen haben.«

Diesmal, erinnere ich mich, wurde mir heiß.

»Der fiktiv autobiographische Roman, in dem, wenn ich es zusammenfassen soll, der Autor einen Autor auftreten läßt, als wäre dieser er selbst, ähnelt dem Essay ungemein. Sofern der Autor in der ersten Person schreibt oder, dem ähnlich, ein ›Ich‹ zum Subjekt macht, haben wir dieselbe Struktur wie beim Essay. Der Autor wird so nicht verborgen, und auch der Leser nicht. Das heißt, die Linie …« Hier holte Herr Liang Luft und sagte dann, nachdem er mit seinem eigenen Bleistift das Viereck eines neuen Diagramms gezeichnet hatte, bestimmt: »Die Linie, mit der Sie in Ihren Diagrammen die beiden Räume teilen – beim Essay und beim fiktiv autobiographischen Roman muß sie gestrichelt sein. Im Roman kann der Autor hinter der durchgezogenen Linie verborgen sein. Im Essay und im fiktiv autobiographischen Roman ist er durch die Strichelung zu sehen, und er sieht selbst.« Damit zeichnete Herr Liang eine gestrichelte Linie ein.

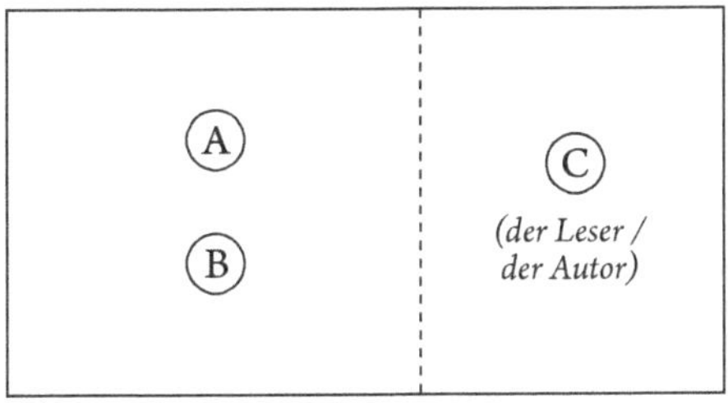

Wie mir dieses Diagramm entgegenleuchtete!

Ich neige in Ehrfurcht das Haupt, Herr Liang. Sie haben mir die Augen geöffnet!

*

Sommersonnenwende.

Seit sechs Tagen. Wir sind mithin in der zweiten Pentade.

Auf dem ostperipheren Archipel ist es »die Zeit der Irisblüte«.

In Ihrer Heimat, Herr Liang, ist es »die Zeit, in der die Zikaden zu zirpen beginnen«.

Auch an mein Ohr dringt Zirpen. Das Zirpen der Zikaden dieses Archipels. Aus welcher Erde sie wohl gekrochen sind?

Und wie sie wohl aussehen?

Ich höre, daß die Region [redacted] so verseucht ist, daß sie nicht mehr betreten werden kann. Nach den während des Konflikts aufgetretenen Erdbeben und sintflutartigen Regenfällen und den dadurch hervorgerufenen Störfällen in den Atommeilern ist zweifellos auch die Alte Hauptstadt nicht mehr [redacted].

Herr Liang zieht nie seinen blütenweißen Schutzanzug aus, nicht wahr? Und die Herren Beamten außerhalb der Zimmer ebensowenig. Das ist eine allen regelmäßigen Lesern der *Requies*-Hefte wohlbekannte Tatsache, ich darf sie hier deshalb festhalten.

In der Alten Hauptstadt gab es einige Teichanlagen, wo die Iris schön geblüht haben. Ich bin in der Unterstadt aufgewachsen, die man kontrolliert niedergebrannt hat. Ich sage das nicht aus Zorn oder Aufsässigkeit. Uns mußte ja eine neue Ordnung auferlegt werden, das war nur selbstverständlich. Wegen dieser meiner Meinung bin ich hier eingesperrt worden. Die Herrschaften des Neu[redacted]amtes sind sich dessen wohlbewußt.

In meinem weißen Zimmer herrscht jetzt plötzlich eine gewisse Schwüle. Diese nur natürliche Veränderung brachte mir einen solch wohligen Frieden, daß ich einige Nächte ganz entspannt in den Schlaf geglitten bin.

Und während ich in dem dunklen Zimmer, die Wolldecken zur Seite gestoßen, den Blick im Halbschlaf beständig auf die Zimmerdecke richtete, wurde ich dort meiner selbst gewahr, in Worten bis ins kleinste beschrieben. Wenn man einmal Romanschriftsteller war, kann man so etwas offenbar nur schwer ablegen.

Der plankenartige Beton ist dünn mit weißer Farbe überzogen. Auf die Farbpöckchen fällt seitlich das Licht der mit ebenfalls weißem Plexiglas abgedeckten Sicherheitsleuchte, die mittig in die Decke eingelassen ist, so daß sie kleine, feine Schatten werfen. Genau besehen, gibt die Rundleuchte ihr dünnes Licht innen in Strahlenform ab, es sieht aus wie eine Sternenkarte. Tote Mücken bilden unten auf der Abdeckung schwarze Strichellinien, die Leuchte ist somit quasi mein großer Polarstern.

Da mein Bett allerdings rechts von der Tür an der Wand steht, liege ich mit dem Kopf leider nicht wie die Könige des Altertums in ihren Mausoleen direkt unter dem Polarstern. Rechts bin ich der kalten Luft ausgesetzt, die unablässig von der Schreibtischwand herüberströmt, und die Sterne sehe ich, indem ich den Kopf ein bißchen nach links drehe.

Das gibt mir das Gefühl, daß sie nicht mir, sondern jemand anderem gehören, daß man sie mich nur anschauen läßt. Von meinem Bett aus gesehen wandern die von den Pöckchen ausgehenden Schatten tatsächlich elliptisch über die Decke, um in den Ecken schließlich in tiefschwarzer Finsternis aufzugehen. Das macht mir ein schlechtes Gewissen, gerade so, als wäre mir das Betrachten der Sterne verboten, als linste ich.

Das erinnert mich an den Rücken meiner Frau, vor zwölf Jahren, im Herbst des Jahres, in dem ich ins Gefängnis kam und meine Frau verstarb, mit sechzig Jahren. Damals, unmittelbar vor dem Konflikt, als der ostperiphere Archipel sich zu dem Glauben verstieg, eine Großmacht zu sein, seine wirtschaftliche Einflußzone immer weiter nach Süden ausweitete, zugleich ein Militärbündnis nach dem anderen abschloß und auf immer heftigeren Konfrontationskurs zu den Großmächten des Ostens ging, zum Mutterland und zu Rußland, witzelten meine Frau und ich im Krankenzimmer immer über die gezackte Operationsnarbe auf ihrem abgemagerten Rücken, die mit der Südausdehnung des Archipels immer größer zu werden schien, verglichen sie, von einer düsteren Vorahnung bedrückt, mit der Ringelflechte Napoleons in der Geschichte von Yokomitsu Riichi. Das war zu Beginn des Jahres, und ich noch außerhalb der Gefängnismauern.

In Yokomitsus Erzählung bildet sich auf dem Bauch Napoleons, der sich anschickt, Europa zu unterwerfen, eine »bizarre Ringelflechte«. Nur seine Frau und sein Leibarzt wissen davon. So wie von der gezackten Wulst auf dem Rücken meiner Frau nur ich und der Arzt gewußt haben.

Das von Höhe der Lunge ausgehende Zeichen der zahlreichen Schlachten, die meine Frau geschlagen hatte, sah exakt aus wie der Bogen des ostperipheren Archipels mit seinen wie Blut von einer Schwertspitze nach Süden tropfenden Inseln. Heute weiß ich, daß das kein guter Scherz war. Denn eines Nachts, als meine Frau zur Toilette gegangen war und sich dort im Spiegel ihren Rücken angesehen hatte, hatte sie mir zugeflüstert, hoffentlich dehnt sich unser Land nicht wie diese Narbe noch weiter aus.

Wenn das ein anderer Patient gehört hätte, wäre mein Frau wer weiß wohin verfrachtet worden. So waren die Zeiten damals. Deshalb flüsterte meine Frau. Ihr Flüstern, erinnere ich mich, hörte sich an wie jener trockene Ton. Oder war es weicher? Ich habe so viele Erinnerungen an meine Frau, daß ich ihre Stimme ganz vergessen habe. Das ist bitter.

Die wie die Machtausdehnung des ostperipheren Archipels ans Herz gehende, von der dreimaligen Rückenoperation meiner von klein auf kränklich gewesenen Frau herrührende Narbe (die mir jetzt, wo ich auf dem Rücken liege und an die Decke starre, immer mehr dem in die Finsternis führenden Schattenweg der Pöckchen zu ähneln scheint) war das eine; etwas ganz anderes war das Bild, welches das unter der Erde, unter dem Meer liegende Patholineament, wie man wohl sagen muß, geboten hat. Es zog sich von der Lunge zu den Hüften, von den Lendenwirbeln bis fast zum Gesäß. Ich kann mich noch genau an die Szene erinnern, als wir dem Arzt mitteilten, keine weitere Operation zu wollen, und ich weiß auch noch genau, *wie* meine Frau es ihm gesagt hat. Sie schaute den Arzt, der darauf bestand, ein weiteres Mal und möglichst bald zu operieren, fest an und flüsterte: »Ich möchte lieber nicht.«

Ihre Stimme war dünn und gab nicht aufsässig, aber unmißverständlich zu verstehen, daß sie niemals nachgeben würde. Es war meine Frau, wie sie leibte und lebte, und so habe ich sie hier in meinem weißen Zimmer vor mir.

Einen Monat danach kam ich ins Gefängnis. Ich habe meine Frau nicht sterben sehen.

Nun, verehrte Leser, was sagen Sie? Kommt Ihnen das real vor?

Das lag natürlich in meiner Absicht.

Denn ich erinnere mich daran.

Im fahlen Dunkel.

Wenn es Nacht wird.

Jeden Tag.

Was Sie gelesen haben, ist mein erster Versuch, die Szene niederzuschreiben.

Aber je öfter ich es tue, desto unwirklicher wird sie.

Es scheint aussichtslos.

Ich kann sie nicht zu Papier bringen.

Ich schaue in die Vergangenheit und fasse in Worte, was ich sehe, und erschaffe doch Stück für Stück eine ganz andere Welt.

Das ist im Roman so und auch im Essay.

Die Wirklichkeit läßt sich nicht schreiben, und vielleicht ist das gut so.

Was will ich damit sagen?

Das, verehrte Leser, darf ich Ihnen im einzelnen das nächste Mal darlegen – mittels dieses Heftchens, das zu Ihnen in die Zimmer kommt.

TENDENZ ZUR PREISGABE VON INFORMATIONEN
VORSICHT BEI KONTAKT
BEHANDLUNG: MITTELSCHWER
DISZIPLINIERUNG: STRENG

7

Dies schreibe ich jetzt im Juli.

Ich genieße mein Leben zur Zeit in vollen Zügen und denke doch schon an das Danach, an den Verfall. Ob das heißt, daß es mit mir zu Ende geht?

Wenn ich an große Lotosblüten denke, die auf einem Teich in der Brise zittern, kommt mir ihr Vergehen, ihr Braunwerden und das trockene Rascheln der in dem welken Loch in der Mitte verbliebenen Samenkörner in den Sinn. Und wenn die Zikaden anfangen zu zirpen, weiß ich, daß sie einander anzeigen, wo sie sind, um Eier abzulegen, bevor sie mit dem Herbst vergehen.

Ich bin nicht des Lebens überdrüssig, nein. Ich habe nur die Freude am natürlichen Lauf der Dinge, am regelhaften Gehen und Vergehen in mir, die Freude, etwas über meinen Tod hinaus weiterzugeben.

Ich erinnere mich, daß ich früher einmal einer wichtigen Aufführung beigewohnt habe, veranstaltet von einer Familie, die seit Generationen ihre Kunst betrieb, und in meiner Festrede über diesen »natürlichen Lauf der Dinge, das regelhafte Gehen und Vergehen« gesprochen habe. Vor allem aber erinnere ich mich an das Staunen der dreißig, vierzig Zuhörer.

Daß eine Kunst vom Großvater an den Vater und vom Vater an den Sohn weitergegeben wird, ist nicht ungewöhnlich, aber keineswegs die Regel. Es kommt auch vor, daß der Sohn vor dem Vater stirbt, daß nur der Greis noch da ist.

Im Saal kam mir plötzlich der Gedanke, daß man durch zeremoniellen Ausdruck der Freude am natürlichen Lauf des Lebens, am regelhaften Gehen und Vergehen den Himmel zu beschwichtigen versucht, und daß speziell in den alten Künsten dieser zeremonielle Ausdruck von Freude die »Initiation« sei.

»Initiation« bedeutet hier den ersten Bühnenauftritt des jungen Nachfolgers in einer von der Familie hochgehaltenen Aufführungstradition oder Rolle.

Die Initiation oder Erstdarstellung, die mir noch deutlich vor Augen steht, betraf den *Sanbasō*-Tanz, das heißt den Tanz des schwarzmaskierten dritten alten Mannes im *Okina*, dem zum Jahresbeginn und bei besonderen festlichen Anlässen aufgeführten Vorspiel eines Noh-Programms. Das Okina ist im Noh von allergrößter Bedeutung, ein magisches Stück, das nur Künstler, die das *Kyōgen*, das Komische Theater beherrschen, tanzen.

Dahinter steht der unheimliche, für den ostperipheren Archipel typische kultische Glaube an den Okina genannten Greis, und mit dem Tanz um das Erscheinen dieses Gottes zeigte ein junger Mann an, daß er nun ein vollwertiger Künstler ist. Es ist wirklich erstaunlich, wie dankbar der ostperiphere Archipel solche Unwissenschaftlichkeiten pflegte, gerade wie irgendein Volksstamm im hintersten Winkel der Erde.

Die Aufführung, die ich, ich glaube im Jahr 2017, sah, war eine im Stil der Izumi-Schule, und der Debütant, das heißt der Initiand, eigentlich der »Sich-Öffnende«, ein junger, noch nicht volljähriger Mann. Ich sehe noch seinen Großvater und seinen Vater vor mir, die auf der Bühne ein schützendes Auge auf ihn haben.

Die Anwesenheit dreier Generationen am selben Ort brachte mir ein unbeschreibliches Gefühl von Eintracht und Frieden, der »natürliche Lauf der Dinge, das regelhafte Gehen und Vergehen« schien mir eine Seltenheit, und die Magie der Initiation, des »Sich-Öffnens«, teilte sich mir unmittelbar mit.

Wenn die Welt aus dem Tritt gerät, ist die Selbstverständlichkeit, daß Wasser von der Quelle zur Mündung fließt, keine Selbstverständlichkeit mehr. Das Kind stirbt vor den Eltern. Von Sommerbäumen fällt das Laub, versengt. Mich überwältigte der Gedanke, daß gerade so etwas Einfaches wie das bloß regelhafte Vergehen der Zeit in Wirklichkeit die Grundlage des Gemeinwohls sei, und daß die Bedeutung von Kunst an sich darin liege, tradiert zu werden. Der Inhalt ist letzten Endes egal. Im *Okina* weiß man ja bis heute nicht, was eigentlich gesprochen wird. Es werden nur merkwürdige Silbenfolgen wiederholt, deren Bedeutung niemand kennt.

Ich für meinen Teil glaube, daß auch im Titel dieses Heftchens, *Requies*, der »natürliche Lauf der Dinge, das regelhafte Gehen und Vergehen« angerufen wird. Deshalb führe ich meine Feder übers Papier, ziehe mit der Tinte Spur um Spur, hinterlasse unablässig Schrift. Wie Blut, das aus einer Wunde tropft.

Im Vormonat ist mein Text am Ende offenbar recht dunkel geraten, doch habe ich, wie eben gesagt, nach wie vor den Wunsch und bin unverändert festen Willens, meinen Beitrag zu der neuen Welt der kommenden Generationen zu leisten, auf daß sie nicht mehr den Irrungen und Wirrungen des Romans erliegen.

Auf dieser Prämisse muß ich sagen, daß sich die Wirklichkeit nicht schreiben läßt. »Je öfter ich es tue, desto unwirklicher wird sie.« Was ich vor Augen habe, »läßt sich nicht zu Papier bringen«.

Ich wiederhole die Beschreibung der Zimmerdecke: »Der plankenartige Beton ist dünn mit weißer Farbe überzogen. Auf die Farbpöckchen fällt seitlich das Licht der mit ebenfalls weißem Plexiglas abgedeckten Sicherheitsleuchte, die mittig in die Decke eingelassen ist, so daß sie kleine, feine Schatten werfen.«

Das habe ich so geschrieben, aber ist es ein treues Abbild der Wirklichkeit?

Von der Plumpheit meiner Beschreibung einmal abgesehen, werden die meisten von Ihnen wohl sagen, nun ja, das ist eben eine von diesen Decken, solche Farbpöckchen kennen wir, und wenn von der Seite her dünnes Licht darauf fällt, können sich schon feine Schatten ergeben.

Aber die Decke, die ich gesehen habe, beziehungsweise die Decke, die Sie im Kopf haben, ist auf völlig andere Weise zustande gekommen als jene im Text.

Text ist kein Bild.

Ich will keine Eulen nach Athen tragen, denn allen, die je mit Texten zu tun gehabt haben, und sei es nur am Rande, ist das wohlbekannt; alle anderen dürfte es allerdings überraschen.

Wenn Text Bild wäre, ließe sich die nächtliche Decke meines Zimmers auf einmal und im Ganzen erfassen, so wie es mein Blick tut. Text aber, verehrte Leser, kann nur Wort an Wort reihen. Ich wiederhole: Text kann nur Wort an Wort reihen. Linear.

Bei »Der plankenartige Beton ist dünn mit weißer Farbe überzogen« sagt das »der« noch rein nichts. Erst mit »planken-« und dem darauffolgenden vergleichenden »-artige« stellt sich beim Leser eine Art Bild ein, das sich aber erst mit »Beton« zu einem Gesamteindruck ordnet. Da vor dieser Phrase von der Zimmerdecke die Rede war, folgern Sie, verehrte Leser, zwar, daß der »plankenartige Beton« sich über dem Kopf befinden muß, aber das ist etwas ganz anderes als das Erfassen eines ganzheitlich und in einem Stück beschriebenen Zimmers.

Nach dem Lesen stellt sich im Hirn des Lesers vielleicht ein Eindruck ein. Der ist allerdings zustande gekommen durch topisch von der Realität völlig verschiedene Wortreihen.

Dem Schreiber schwebt beim Schreiben womöglich eine Art Dreidimensionalität oder, bei Einbegreifen zeitlicher Veränderungen, eine Vierdimensionalität vor. Beim Zerlegen in eine lineare Abfolge von Wörtern erstarrt diese Mehrdimensionalität jedoch wie durch ein Rohr gepreßtes geschmolzenes Glas zu einem Stab. Der den Stab aufnehmende Leser löst ihn lesend wieder auf und wandelt ihn um in eine Art drei- oder vierdimensionales Bild.

Auf dieser erdrückenden Unnatürlichkeit beruht das Schreiben. Und ebenso das Lesen. Textliches Vermitteln kommt auf diese Weise durch abnorme Unnatürlichkeit zustande; gleichwohl läßt sich so gut wie jeder vormachen, dies sei ein natürlicher Akt.

Um so verwerflicher sind die Blendwerke des »wahrhaft« realistischen Romans, dessen betrügerische Autoren meist selbst nicht merken, daß sie einen mit der Realität absolut nichts zu tun habenden »Stab« produzieren.

Ein schlichtes Stab-Universum, möchte man sagen.

»Auf die Farbpöckchen fällt seitlich das Licht der mit ebenfalls weißem Plexiglas abgedeckten Sicherheitsleuchte, die mittig in die Decke eingelassen ist, so daß sie kleine, feine Schatten werfen.«

Haben Sie bei diesem Satz, verehrte Leser, trotz meiner eben gegebenen langen Erklärung nicht wieder ein ganzheitliches Bild vor Augen? Das »Farb« der Farbpöckchen läßt Sie an einen Anstrich denken, ebenso die »Pöckchen«, deren eine Vielzahl suggerierender Plural vage auf die ganze Decke deutet, bis das präzise »mittig in die Decke eingelassen« Ihre Vorstellung bestätigt beziehungsweise modifiziert.

Obwohl das Ganze nichts ist als eine Folge aneinandergereihter und, genau besehen, nicht einmal unbedingt zusammenhängender Wörter.

Natürlich würde auch ich Ihnen das Bild gerne auf einmal und im Ganzen vermitteln. Aber übernatürliche, telepathische Übermittlungswege sind dem Menschen nicht gegeben. Ich kann Ihnen, so traurig es ist, mit meinem Füllfederhalter nur solche höchst instabilen Stäbe übergeben.

Texte können nur von einem Fixpunkt aus in Kolumnen oder Zeilen geschrieben und gelesen werden. In gegensätzlicher Richtung oder punktuell gelesen, bedeuten und vermitteln sie nichts. Aber die Realität, die eine solche lineare Abfolge abbilden möchte, existiert nie als solche Abfolge. War das, was Sie vor Augen haben, jemals eine lineare Abfolge und weiter nichts?

Insofern drückt die Szene aus Natsumes *Kōjin,* die ich in der Aprilnummer zitiert habe, das heiße Verlangen eines jeden, der Texte schreibt, nach einem unmöglichen Zustand aus. Daß Nao nämlich sagen möge: »Ja, der war schön. Hast du ihn eigentlich noch?«

*

Ich kann seit kurzem übrigens nicht anders, als den jungen malaysischen Herrn Aufseher, der als einer der für den Sammeltrakt 3, in dem ich wohne, zuständigen Beamten seit der Befreiung letztes Jahr zwei Nächte pro Woche zugegen ist (weitere Aufsicht führen derzeit je dreimal Tag und Nacht eine vermutlich aus dem Mutterland stammende Dame, ein wohl aus Indien zu administrativen Aufgaben abgestellter Herr, ferner einige malaysische Damen und eine Anzahl von Herrschaften des ostperipheren Archipels, die der Alten Regierung im Krieg Widerstand geleistet hatten), mit dem Spitznamen »Prinz« zu belegen.

Dem Herrn Aufseher selbst habe ich es nicht gesagt, aber der Name kommt aus [redacted] Yukios *Schnee im Frühling,* dem ersten Band seiner Tetralogie *Meer der Fruchtbarkeit.*

Im Roman, der malaysische »Prinz« möge es nachsehen, treten

zwei thailändische Prinzen auf, Freunde der Hauptfigur. Die beiden, in deren Adern königliches Blut fließt, kommen wie über die Zeiten hinweg mehrfach auch in *Unter dem Sturmgott* und vor allem im in Thailand spielenden *Tempel der Morgendämmerung* vor.

Da ich, ich weiß nicht warum, die Beschreibung der beiden Prinzen in den Romanen, die ich bis zu einem gewissen Alter schrieb, mehr als einmal zitiert habe, kann ich sie hier exakt wiedergeben, auch ohne Belegexemplar. (Sofern man mir jedoch etwas von [redacted] Yukio zukommen lassen möchte, bitte ich um den *Tempel der Morgendämmerung*. Was [redacted] angeht, reicht mir dieser eine Titel vollauf.)

Die beiden Prinzen werden folgendermaßen beschrieben: »Die dunkle Haut der munteren südländischen Prinzen, ihre Augen, aus denen mit scharfem Stich die Klinge des Sinnlichen blitzte, und ihre Hände, diese langen, schmalen, bernsteinfarbenen Hände, die trotz der Jugend in der Kunst der Zärtlichkeiten schon so erfahren schienen …«

Von der für [redacted] typischen, leicht lasziven Wortwahl einmal abgesehen: Die schimmernde Haut des Herrn Aufsehers, von der unter dem durchsichtigen Kunstharzschild des weißen Schutzanzugs ein wenn auch nur kleines Stück um die Augen herum zu sehen ist, seine stechenden, fast schwarzen Augen und seine, wie sich anhand ihrer Bewegungen vermuten läßt, langen Finger erinnern mich, mit Verlaub, an die »munteren südländischen Prinzen« aus diesem anrüchigen Roman.

Wenn ich heimlich das klappenschmale Sichtfensterchen an der Eisentür meines Zimmers aufdrücke, sehe ich den »Prinzen« – mein Zimmer liegt ganz hinten im Trakt – oft auf dem Stuhl am Ende des Korridors sitzen.

Vor einigen Nächten nun, als ich vom Korridor her ganz schwach das typische Rascheln vernahm, stand ich auf, schlich, darauf bedacht, meinerseits kein Geräusch zu verursachen, zur Tür und öffnete mit noch größerer Vorsicht das Sichtfensterchen.

Neben dem Stuhl lag jemand wie zusammengebrochen auf dem grauen Korridor. Der weiße Schutzanzug blähte sich am Rücken, es sah zuerst gar nicht aus wie ein Mensch. Mich durchfuhr eine wahnsinnige Angst, doch ich konnte ja nicht schreien. Da hob sich das Weiße gegen das große, in Hüfthöhe am Ende des Korridors eingelassene Fenster, um sich gleich wieder niederzukrümmen.

Bald war die Gestalt im schwachen, vermutlich von der grünen Außenleuchte kommenden Licht einen Augenblick lang zu sehen, bald versank sie im Schwarz der Dunkelheit. Angehaltenen Atems verfolgte ich das Schauspiel im Gefühl, etwas Ernstem, nicht für meine Augen Bestimmtem zuzusehen, und zugleich im Bewußtsein, die Sache nicht einfach auf sich beruhen lassen zu können.

Schließlich bemerkte ich, daß auf dem Fleckchen hinter dem Stuhl, wo das Weiße sich verhaltenen Atems hob und senkte, etwas Längliches ausgebreitet war, und erinnerte mich, daß der »Prinz« ein gemäßigter Muslim ist.

Der »Prinz« arbeitet seit über einem Jahr in diesem Trakt. Das heißt, er hat das schon Hunderte Male gemacht – ohne daß ich es je bemerkt hätte. Ich weiß, was die Stille seines Gebets bedeutet. Der Mann betet in seiner Strahlenschutzkleidung – welche Gottesfürchtigkeit! Und welche Unvernunft unseres Archipels!

Ich bin immer noch tief beeindruckt von dem Bild dieser eher undeutlich nur zu sehenden Gestalt, von dem grünen Licht der Außenleuchte auf den Knittern und Falten des weißen Schutzanzugs und dem umgekehrten innigen Versinken ins Dunkel, mit der Stirn, wie ich vermute, auf dem Boden, sich mit beiden Händen auf der Unterlage gegen die Wand verneigend.

Der »Prinz« versteht vollauf, was ich schreibe, aber er sagt kein Wort. Was in ihm vorgeht, kann ich nicht ergründen. Aber seit ich ihn beten sah, schätze ich ihn noch mehr, und ich spreche ihn auch öfter an.

Ich erinnere mich schmerzlich daran, daß man in Asien, insbesondere vor dem Konflikt, den Islam zum Kriterium der Einteilung in Freund und Feind gemacht hat. Vor allem auf dem ostperipheren Archipel, wo man Andersgläubige mit schiefer Neugierde betrachtete, schlachtete man das Gefühl von Bedrohung weidlich aus und behandelte Muslime als jedenfalls irgendwie völlig unbegreifliche Existenzen.

Im Mutterland dagegen strebte man schon früh die Versöhnung mit dem gemäßigten Islam an und verstärkte, wie Sie alle wissen, die Beziehungen zu Malaysien und Indonesien. Im Gegensatz dazu wurde der indirekte Herrschaftsbereich der [redacted] aufgrund des dortigen beharrlichen Antiislamismus immer kleiner.

Der ostperiphere Archipel nutzte die im durch die massenhafte Aufnahme von Kriegsflüchtlingen durch das Mutterland wiedervereinigten Korea entstandene Krisenstimmung einer womöglich bevorstehenden neuerlichen Teilung des Landes, um Truppen zu entsenden. Natürlich in Absprache mit den [redacted]. Da Rußland wegen des Bürgerkrieges militärisch die Hände gebunden waren, kam es zum Kurilenkonflikt, der schließlich zum Neuen [redacted] Krieg geführt hat. Solche Nachrichten erreichten einen mit verblüffender Selbstverständlichkeit selbst im Gefängnis.

Das Auftauchen der von unerwartet vielen Staaten aus dem Süden bestückten alliierten Flotte, die folgende Selbstvernichtung durch die bewußte Serie von Unfällen und selbst die Flucht des dezimierten Kaiserhauses in ein kleines europäisches Land (im Jahr 2013, als Parlamentarier und Regierungsangehörige der Alten Regierung in einem »Festakt zur Wiedererlangung der Souveränität« zum anwesenden Tenno hin dreimal *Banzai!* intonierten, dachte ich, daß diese Leute de facto den Untergang des Kaiserhauses anstrebten; wenn sie Krieg wollten, mußten sie die Möglichkeit einer Niederlage in Betracht ziehen und hätten deshalb alle Anlässe, die zu einer Verurteilung des Tenno führen könnten, auf ein Minimum reduzieren müssen), all das beschwor mein Land selber herauf. Unser Mutterland verfolgte diese Konflikte und Kriege eine Weile scheinbar unbeteiligt, übte derweil jedoch allseits enormen Druck aus und verhandelte erfolgreich mit Indien, in beiderseitigem Interesse den Rückzug der [redacted]nischen Truppen aus Asien zu forcieren, so daß man vielleicht sagen kann, daß die Schaffung Neu-Asiens im 21. Jahrhundert letztlich auf den Islam, die Atomkraft und den Roman zurückgeht. Von der überwältigenden Stärke des Mutterlandes einmal abgesehen, natürlich.

Was keineswegs heißt, daß ich, der ich den Roman kritisiere, in gleicher Weise den Islam schlechtmachen würde. Ich habe immer schon die Kunst und Kultur des Islams geliebt, vor allem seine Musik.

Beispielsweise die pakistanische Sufi-Musik. Ende des 20. Jahrhunderts gab es in der Welt der Qawwali-Liedkunst einen begnadeten Sänger, einen wahren Meister seines Fachs. Der schon verstorbene Künstler entstammte einer sechshundert Jahre alten Sängerfamilie. Der Koloss, von dem die Legende ging, die Süße und Wärme seiner Singstimme allein bekehre Andersgläubige, wurde aber bald überkonfessionell geschätzt und hatte Anhänger in der ganzen Welt. Sein Tod, er starb mit nicht einmal fünfzig Jahren, war ein schmerzlicher Verlust.

Ich erinnere mich noch lebhaft an seinen Besuch auf dem ostperipheren Archipel, währenddessen ich ihn und seine Truppe im

Auftrag einer Musikzeitschrift begleitet habe. Wie insbesondere all jene von Ihnen, die aus dem Land des »Prinzen« stammen, wissen, sind beim Qawwali Melodie und Thema zwar im großen und ganzen festgelegt, doch geht man nach Beginn der Aufführung allmählich zu improvisiertem Wechselgesang über. Die im Schneidersitz auf dem Boden sitzenden gut Dutzend Musiker, eingeteilt in Harmoniumspieler, Taktklatscher und Sänger, beschwören in direkter Hinwendung zum Publikum in einem langen Stück die Liebe zu Gott und dessen Anziehungskraft, bevor sie schließlich in melodischer Improvisation zum Austausch bedeutungsloser Wortfetzen übergehen.

Wenn der als »der Ehrwürdige« titulierte Leitsänger in wie provozierendem Ton ein Stück zu improvisieren beginnt, wiederholen die anderen wie um die Wette seine Worte oder wandeln sie ab, findet ein Austausch wie von Vogelgezwitscher statt, ein Austausch tiefgründiger »Stimmen«, in denen sich, scheint es, die mehrtausendjährige Geschichte der Geburt der Sprache aus dem Lied spiegelt.

Bei der Aufführung, bei den inbrünstigen, in wechselnder Melodie immer wieder vorgetragenen Anrufungen ihres Gottes überkam mich, obwohl ich die Worte nicht verstand, wiederholt das Gefühl, selbst zum Muslim zu werden.

Eines Abends, als ich die Musiker nach einem über zweistündigen Konzert im Kleinbus zu ihrer Unterkunft begleitete, fiel mir auf, daß einige der Vokalisten auch im Wagen noch Summdialoge führten, hin und her. Und ich erinnere mich, daß ich, dieses leise Summen im Ohr, den Meister, den als der Ehrwürdige titulierten Ersten Sänger, fragte: »Gibt es etwas, Ehrwürdiger, das Sie außerhalb Ihrer Konzerttätigkeit besonders interessiert?« Worauf er, stur nach vorne sehend, sofort antwortete: »Singen.«

Diese absolute Unerschütterlichkeit eines, der sein Leben einer einzigen Sache hingibt, diese völlige Absenz einer denkbaren

Abweichung, erdrückte mich wie Felsgestein. Ich schwieg, lauschte dem Summen des Ehrwürdigen und schämte mich der Dummheit meiner Frage.

Diese Geschichte habe ich (indem ich die Klappe des Sichtfensterchens, das sich dank Herrn Liangs Nachsichtigkeit des Nachts jetzt einige Male öffnen läßt, aufdrückte) dem »Prinzen« erzählt. Er sagte nicht viel, nur daß in seinem Land der Qawwali nicht besonders verbreitet sei und daß er nicht gedacht hätte, daß er sich einmal in dem fremden Land, in das er aus administrativen Gründen gekommen sei, über diese Musik unterhalten würde. Die Redlichkeit, mit der er aus seinem Schutzanzug heraus kurz und leise, fast flüsternd antwortete, machte ihn mir noch lieber als zuvor.

Falls jemand von Ihnen diesen Teil des Essays für Kriecherei halten sollte, darf ich vorsorglich festhalten, daß er zu weit denkt. Schöntuerei hätte in meinem Fall gar keinen Sinn. Ich will hier gar nicht raus.

Ich will nur eines: in diesem Zimmer mit ganzem Herzen ohne Stimme »singen«.

Also fülle ich Tinte nach und lasse die Feder übers Papier gleiten. Um der gänzlich »stimm«losen Welt des Textes den Hauch wenigstens einer Melodie mitzugeben.

Ja, wir müssen schreiben.

Wir?

VORSICHT BEI KONTAKT: AUSGESETZT
AUFRUHR IM MONDPALAST: NICHT ZU ERMITTELN
BEHANDLUNG: MITTELSCHWER
DISZIPLINIERUNG: STRENG

8

Irgendwann sind die Sommer auf dem ostperipheren Archipel unmenschlich heiß geworden. Ab meinen Vierzigern war das, glaube ich.

Überall, nicht nur in den Städten, erhoben sich Hochhäuser und brachen den Wind, im Umland wurden die Wälder abgeholzt, so daß die Sonnenhitze nicht mehr absorbiert wurde; die allüberall zugeteerten Straßen erhitzten sich, was sich auch auf die Atmosphäre auszuwirken schien und zu lokalen sintflutartigen Regenfällen führte, deren Wassermassen aufzunehmen die völlig ausgetrockneten Böden aber immer weniger in der Lage gewesen sind. Ich bin kein Naturwissenschaftler. Daß ich beschreiben kann, was sich alles verändert hat, hängt vielleicht mit der Nostalgie zusammen, die ich irgendwo noch für diese Wachstumsphase empfinde.

Ob es die Hochhäuser unter dem Sommerhimmel noch gibt? Schon zu der Zeit, als ich noch nicht einsaß, gab es nur wenige, die darin gewohnt und gearbeitet haben. Die meisten Blöcke werden zu Ruinen verkommen sein. Daß Regen- und Schlammassen die Städte heimsuchen, liegt an der unbarmherzigen Abholzung der Wälder, die man zur Papiergewinnung betrieben hat. Vor langer Zeit, als man uns noch in den Innenhof des Traktes zu führen pflegte, habe ich von Mitgefangenen gehört, daß die Straßen überall von Bombentrichtern gezeichnet seien, aber auch wenn sich hier und da die Erde aufwarf und Unkraut zu sprießen begann, bewirkten die Selbstheilungskräfte der Natur in den zerstückelten Oasen nur wenig, und nach der extrem kalten Luft in meinem Zimmer zu urteilen und in Anbetracht der Sturzregen, die aus heiterem Himmel ans Fenster schlagen, nehme ich an, daß die Sommer auf dem Archipel noch immer so sind wie vor dem Konflikt.

Wohlan. In meinem dank der Klimaanlage auch im Sommer kalten Zimmer will ich mich nun weiter und mit demselben Elan wie im vorigen Heft der Kritik der Sprache an sich widmen und setze mich frühmorgens, nachdem ich mein träges, kaltes, weißes Fleisch, meine verhärteten, unbeweglichen Gelenke, meinen ganzen dumpf schmerzenden Körper durch ein Spaziertraining von Wand zu Wand, das rechte Bein nachziehend, in Schwung gebracht habe, an den Schreibtisch.

Des weiteren möchte ich verdeutlichen, wie treu die bisher gesponnene Kette meines Textes den Vorgaben der Herrschaften jener wichtigen Behörde der Asiatischen Union entspricht. Dabei geht es wie bei der Geschichte mit dem »Stab« um die grundlegende Frage, auf welch minutiöse Weise der Text an sich Erfundenes als wahr darstellen kann.

All jenen, die mit Freude den *Requies*-Heften entgegensehen und mein »Das Romanverbot ist nur zu begrüßen« lesen, wird aufgefallen sein, daß ich am Satzende nie das Imperfekt verwende.

Das ist recht mühsam und führt bisweilen, wie Sie bemerkt haben werden, zu unnatürlichen Satzkonstruktionen. In Texten, vornehmlich solchen, die nicht administrativer oder firmenvertraglicher, sondern eher persönlicher Natur sind, Tagebuchaufzeichnungen oder elektronischen Briefen zum Beispiel, verwendet man auf dem ostperipheren Archipel häufig Vergangenheitsformen der Kopula, wie *deshita* (»war«), *dewanakatta* (»war nicht«), *datta* (»war«).

»Erfunden« hat diese Formen der in diesem Essay schon einmal kurz vorgekommene Futabatei Shimei, der im 19. Jahrhundert seine Übersetzung der russischen Erzählung »Das Stelldichein« (aus den *Aufzeichnungen eines Jägers*) folgendermaßen beginnt: *Aki kugatsu-chūjun to iu tokoro [...] jibun ga saru kaba no hayashi no naka ni zashite-ita koto ga atta* – »Im Herbst, um die Mitte September, saß ich einmal in einem Birkengehölz«. *Zashite-ita koto ga atta,* wörtlich: »gab es einmal die Sache, daß ich saß«.

Dieses »gab«, das satzschließende *atta,* verehrte Leser, war praktisch eine Revolution. Alle, die noch eine Einführung in die Literaturgeschichte genossen haben, bevor man in der Dekade vor dem Konflikt eine Geisteswissenschaftliche Fakultät nach der anderen zumachte, wissen das natürlich, es ist eine Binsenweisheit. Allen anderen darf ich es hier noch einmal darlegen.

Zuvor hatte man auf dem ostperipheren Archipel für »saß ich« *zasu koto ari* geschrieben. Oder *zashite-ori, zashite-orinu, zashinu.* Alle diese Satzschlußformen sind Formen, die sich auf die eigene oder eine rangniedrigere Person beziehen; bei ranghöheren Personen, id est grammatischen Subjekten, verwendete man höflichere Formen wie *zashite-orarenu* oder *zasarenu.* Ich weiß nicht, ob oder inwieweit das Sprechern der Sprache des Mutterlandes verständlich ist.

Nehmen wir folgendes Beispiel:

Aki kugatsu-chūjun to iu tokoro nani-nani no chūjō ga saru kaba no hayashi no naka ni zashite-orarenu – »Im Herbst, um die Mitte September, saß der Generalleutnant Sowieso einmal in einem Birkengehölz«.

Hier weiß jeder sofort, ahh, der Schreiber ist niedrigeren Ranges als der Generalleutnant; in der Sprache des ostperipheren Archipels wurde auf diese Weise immer die Beziehung zum Autor angezeigt.

Wenn Sie sich an mein früheres Diktum (in der Juninummer) erinnern, daß im »wahrhaft realistischen Roman« der Leser/Autor verborgen wird, wissen Sie, worauf ich hinauswill: Um den Leser/Autor zu verbergen, braucht man eine Satzschlußform – mußte man eine Satzschlußform schaffen –, die seinen Status nicht preisgibt. Dessen war sich Futabatei Shimei bewußt. Er hatte bemerkt, daß den russischen Gedichten, die er zu übersetzen gedachte, eine derartige (verbale) Beziehung zum Autor nicht eingeschrieben ist. Und daß man ohne sie lebensechtere Texte bekommt.

Für die Leute damals muß die Endung *atta*, die später selbstverständlich wurde, in *zashite-ita koto ga atta* oder, mehr noch, ein satzschließendes *ita*, wie in *zashite-ita*, ziemlich verwirrend gewesen sein. Der Leser wußte nicht mehr, wo der Autor ist, kam sich ohne das gewohnte Koordinatensystem wahrscheinlich verloren vor.

Gleichzeitig bewirkte das Schreiben/Lesen solcher Texte eine Loslösung vom Ständesystem. Verunsichert und mit neuen Koordinaten brach man in unbekannte Gewässer auf.

Bis hierher ist mit der »Satzschlußrevolution« alles in bester Ordnung; doch hat das *zashite-ita koto ga atta* noch eine andere Seite, die mich, verehrter Leser, dazu bewogen hat, satzschließend, auch wenn es manchmal knirscht, nie das Imperfekt zu verwenden. Denn dieser Präteritalbetrug, wie man es nennen könnte, ist eines der großen Nester des belletristischen Bösen an sich.

Ich darf das, so gut ich kann, erklären.

In dem Beispielsatz, den ich der Einfachheit halber zu *zashite-ita* »saß« verkürze, sind, wie dargelegt, Autor und Leser verborgen, ebenso deren Beziehung zueinander. So weit so gut. Zugleich aber impliziert diese so klare, anscheinend völlig wertfreie Form immer eine »Gewißheit«.

Nehmen wir einmal das Präsens. *Zashite-iru* »sitzend sein, sitzen«: *Saru kaba no hayashi no naka ni zashite-iru* – »in einem Birkengehölz sitzen«. Das zeigt einen jetzigen Zustand an. Wie verhält es sich, wenn wir ein Subjekt hinzufügen, wenn wir *Jibun ga saru kaba no hayashi no naka ni zashite-iru* – »Ich sitze in einem Birkengehölz« sagen? Da »ich« der Erzähler ist, besteht die Möglichkeit, daß es sich bloß um eine Vorstellung, eine Empfindung handelt. Ob »ich« tatsächlich in einem Birkengehölz sitzt, wissen wir nicht. Vielleicht ist nur von einer Empfindung die Rede.

Wie ist es nun bei folgendem Satz: *Jibun ga saru kaba no hayashi no naka ni zashite-ita* – »Ich saß in einem Birkengehölz«.

Es herrscht äußerste Gewißheit. Natürlich könnte es sich auch um einen Traum handeln. Aber selbst wenn von einem Traum die Rede wäre, wird der Leser hochwahrscheinlich nicht daran zweifeln, daß das »ich« tatsächlich sitzt.

Diese Gewißheit, diese Determiniertheit ist zwar im vorfutabateischen *zashite-orinu* auch gegeben gewesen. Doch wirkt das statuslose *zashite-ita*, indem es den Autor verbirgt, gleichsam so, als würde ein objektiver Tatbestand beschrieben.

»Sie sagte.«

»Er antwortete.«

Spüren Sie einmal der deterministischen Schwere des Imperfekts nach. Es ist in der Lage, einen unwiderruflichen Tatbestand, eine »Tatsache« anzuzeigen.

Es ist eine Technik. Eine Technik des erzählenden Schreibens.

Ich nenne es *Betrug*.

Das Imperfekt hat eine stärkere Tatsachenwirkung als jede Tatsache. Der Leser wird durch Fiktion in eine wirkliche Welt gezogen.

Die denkbar ist.

Und der Autor wird dabei verborgen.

Warum, verehrte Leser, wird diese unheimliche, hypnotisch-suggestive, diese jenseits der Frage von Subjektivität liegende alchimistische und doch nur aus einem simplen, mickrigen Kunstgriff entstandene Erfindung nicht gefürchtet und verabscheut? Warum bekommen wir bei ihr keine Gänsehaut, klagen sie nicht an, vertreiben sie nicht aus unserer Gesellschaft? Eben diese Technik schafft in derselben Weise die romantische Fiktion »Volk«, konstruiert feste »Feind«bilder, gibt Lügen von »Verrat« und »Angriff« als Wahrheit aus, führt zu Situationen, die von niemandem mehr rückgängig gemacht werden können.

Der Essay steht über dieser präteritalen Wirkkraft, deshalb erhebt sich in ihm etwas wie Wahrheit.

Und weil das so ist, wird durch die Sprache an sich, die täuscht, und durch jenen entscheidenden Hirndefekt, der die Menschheit glauben läßt, mit einem bloßen Stab Vierdimensionalität darstellen zu können, in eingebildeter Kompetenz dieser Zustand immer wieder neu erschaffen, dauert als ewig schwärende Wunde fort.

Welche Schuld haben wir nur auf uns geladen! Auf dem ostperipheren Archipel hat Futabatei Shimei gleichsam diese Erbsünde auf sich genommen, indem er seine »Ziehenden Wolken« unvollendet ließ und das Schreiben aufgegeben hat. Wie bitter es ist, nicht schreiben zu können, weiß ich, der ich über ein Dutzend Jahre nicht mehr schöpferisch tätig war, nur zu gut. Jemand, der einmal geschrieben hat, kann es damit nicht einfach gut sein lassen. So wie ein Vortragskünstler, der einmal einen vollen Saal zum Lachen gebracht hat, dieses Lustgefühl nie wieder missen möchte.

Deshalb, verehrte Leser, schreibe ich weiter, wie ich pflichtschuldigst schreibe: ohne satzschließendes Imperfekt.

In einem Gehölz, in einem weißen Zimmer sitzend.

*

Hier sitzend, mit überanstrengten Augen.

Seit ich vor dem Konflikt ins Gefängnis kam, habe ich das leichte

Glaukom in meinem rechten Auge nicht mehr behandeln lassen können; bestimmt hat es sich nach und nach verschlimmert.

Bei der einstmaligen Untersuchung stellte sich heraus, daß das obere Gesichtsfeld des rechten Auges beeinträchtigt war, was aber dem Arzt zufolge beim gegebenen langsamen Verlauf kein Grund zur Sorge sei; einmal im Quartal ging ich zur Untersuchung, und ich nahm Augentropfen, obwohl sie die unschöne Nebenwirkung hatten, die Wimpern zu verlängern.

Dankenswerterweise gibt es derzeit nichts, was mich in meiner Lebensführung besonders beeinträchtigen würde. Auch wenn ich nach rechts oben schaue, sehe ich dort, glaube ich, nicht irgendwie dunkler. Nun ja, ohne Untersuchung ist schwer zu sagen, ob ein Gesichtsfeldverlust vorliegt. Der Mensch merkt eher selten, daß er etwas nicht sieht.

Allerdings liegt auf meinem ganzen Gesichtsfeld ein trübweißer Schleier. Da ich in meinem Zimmer nur zwei Lichtquellen habe, das Fenster rechts, durch das die Sonne scheint, und die elektrische Leuchte im Rücken über mir, neige ich mich beim Schreiben, vor allem ab dem späten Nachmittag, wenn mein rechter Arm und mein Rücken Schatten wirft, nach links.

Ich erinnere mich, daß mein Vater mich, als ich klein war, immer ermahnte, nicht im Dunkeln zu lesen. Das ist schon über sechzig Jahre her, und ich bin jetzt älter, als mein Vater damals gewesen ist.

Dabei fällt mir ein, daß meine Mutter nie geschimpft hat, wenn ich in ein Buch vertieft gewesen bin. Sie erschien wie ein Schatten in meinem Zimmerchen, dann knipste es, und weiches Licht flutete auf. In der Erinnerung kommt es mir jetzt fast so vor, als hätte sie für mich Helle geschaffen, bevor sie gegangen ist. (Vielleicht ist auch der Ton, den ich als Kind im Fieber hörte, nur das ständige Zuflüstern meiner Mutter, die sich zu mir gelegt hatte, gewesen.)

Der ostperiphere Archipel in den siebziger Jahren. Gerade einmal dreißig Jahre nach der Niederlage im Zweiten Weltkrieg. Doch lebte man schon in der Hochwachstumsphase, und auch auf uns arme Leute in der Unterstadt fielen, wenn auch nicht konkret greifbar, die hellen Strahlen der Zukunft. Auch auf mich, der ich nur in meinem dunklen Zimmer gelegen und gelesen habe.

Stimmt, ich hatte schon früh eine Brille. Ich weiß noch, daß ich in der siebten Klasse nicht mehr gut lesen konnte, was an der Tafel gestanden hat. Ich erinnere mich deshalb so lebhaft daran, weil mein Vater ganz gegen seine Art erbleichte, als ich zu Hause davon erzählte, und sagte, ich solle sofort zum Augenarzt gehen.

Ich wartete bis Samstag und suchte gleich nach der Schule den Augenarzt auf, der mir Kurzsichtigkeit attestierte, und danach verpaßte man mir, ohne daß ich etwas zu sagen gehabt hätte, ein schwarzes Brillengestell. Seither lebe ich mit Brille; nur zum Schlafen lege ich sie ab.

In meinen mittleren Jahren starb meine Mutter, und mein Vater erzählte mir nach der Totenwache, daß bei mir als Kleinkind einmal der Verdacht einer drastischen Abnahme der Sehkraft des rechten Auges bestanden habe, die aber, da schwierig zu diagnostizieren, nur beobachtet wurde und mit der Zeit irgendwann keinen Anlass zur Sorge mehr gegeben habe.

Meine Mutter, die mich im Obergeschoß unseres Häuschens schlafen legte, soll mir damals, sagte mein Vater, den Rücken getätschelt und gesagt haben: Selbst wenn er auf dem rechten Auge erblindet, in unserem Land macht das nichts. Er findet bestimmt trotzdem eine gute Arbeit, und das Auge werden die Ärzte schon heilen.

Ein Onkel von ihm wäre als Erwachsener vollständig erblindet, sagte mein Vater am offenen Sarg. Weiter erzählte er nichts, aber ich nehme an, daß er gefürchtet hatte, seine Erbanlagen könnten seinen Sohn das Augenlicht kosten. Meine Mutter, die das natürlich wußte, versuchte ihm die Angst zu nehmen, indem sie mich in meinem Leseeifer bestärkt hat.

Jetzt will mir scheinen, daß meine Mutter mich beschützt hat. Sie ist nicht bloß so in mein Zimmer gekommen und hat das Licht angeknipst. Sie hatte für sich beschlossen, daß es besser sei, ich würde im Hellen lesen als, weil mein Vater immer schimpfte, die Bücher ganz aus der Hand zu legen.

Ich würde meiner Mutter gerne sagen, daß das Auge gehalten hat. Daß ich zwar keine Stimme mehr habe, aber daß ich noch lesen kann, daß ich schreiben kann. Meiner Mutter, die sich am meisten darüber gefreut hat, daß ich Schriftsteller geworden bin.

Ich sitze vor meinem Schreibheft und reibe mir die Augen, ergriffen von einem merkwürdigen Gefühl. Die Zelle und meine Kammer im Obergeschoß unseres armseligen Häuschens scheinen mir im selben Verhältnis zu stehen wie mein körperlich welkes Erwachsenen-Ich und mein Kinder-Ich.

Die Kammer war ein Rechteck, etwas breiter als tief, und lag auch nach Norden. Die Wände waren nicht aus Beton, aber mit grauem Putz versiegelt, der, meine ich mich zu erinnern, gerne abgebröckelt ist. Er enthielt schimmernde Körnchen, die sich vor allem im Sommer, wenn ich schwitzte, am Ellbogen festgesetzt und geglitzert haben.

Die Erinnerung ist alt und liegt hinter einem weißen Schleier wie mein Gesichtsfeld. An meinem Schreibtisch kann ich in exakt der Haltung, die ich damals einnahm, in die Vergangenheit wechseln. Und mir scheint, als sähe ich in der sich wie aus Dunst, wie aus Weihrauchgekräusel erhebenden Kammer dieses und jenes Altvertraute, wie auf eine Leinwand projiziert. Nein, nicht scheint: Ich sehe es.

*

Herr Liang stattete mir seinen üblichen Besuch ab, allerdings an einem Nachmittag, an dem mein Gesichtsfeld unter einem dickeren weißen Schleier lag als sonst, und er sagte etwas, was er seit unserer letzten Unterhaltung nicht mehr getan hat.

Er sagte: »Ja, das stimmt.«

Natürlich nicht aus heiterem Himmel. Ich hatte zuvor ›Sie haben das *Requies*-Maiheft dabei?‹ in mein Heft geschrieben und die Seite Herrn Liang gezeigt.

Herrr Liang, wie immer im Schutzanzug, antwortete »Ja, das stimmt« und zog das Heft unter seiner rechten Achsel hervor.

Daß es sich um das Maiheft handelte, hatte ich an dem Umschlag gesehen, der von Mitgefangenen gezeichnet wird und dieses eine Mal keine derartige Zeichnung, sondern ein markantes, dem Porträtfoto Kafkas sehr ähnliches Männergesicht zeigt. Vielleicht las einer von den Mitgefangenen, die Umschlagzeichnungen einreichen, meinen Essay und wollte mir, nachdem er das Aprilheft über Sōseki und Kafka gelesen hatte, das so mitteilen.

Wie auch immer. Herr Liang ging sofort dazu über, mir Fragen zu stellen.

»Herr 96.«

»86.«

»Richtig, Herr 86. In diesem Heft schreiben Sie über einen Autor namens Dong Yingming, nicht wahr?«

Ich konzentrierte mich darauf, die gedämpfte Stimme zu verstehen, und nickte.

»Ist der Titel *Yuegongdian baozou,* ›Aufruhr im Mondpalast‹, korrekt?«

Ich nickte wieder.

»Daran sind schon bei der Einreichung des Manuskripts im April in der Redaktion und auch an höherer Stelle Zweifel laut geworden.«

Ich notiere, daß mich das Wort »an höherer Stelle« traf wie ein Schlag. Denn unsereinem ist es ins Blut geschrieben, daß man solchen Herrschaften niemals Umstände machen und niemals etwas sagen darf, was ihren Empfindungen zuwiderlaufen könnte.

»Unseren Nachforschungen zufolge gibt es kein solches Werk.«

Mir war, als würde ich mit einem Knall in eine andere Welt versetzt, vor mein Hirn senkte sich ein Vorhang, der weißer war als der Schleier, der in letzter Zeit mein Gesichtsfeld trübt, ich verstand, ehrlich gesagt, nichts.

»Weder im Mutterland noch im Unabhängigen Taiwan, weder in Übersee noch auf dem ostperipheren Archipel gibt es einen Autor namens Dong Yingming.«

Herr Liang sagte das in einem Atemzug, doch ohne jede Emotion.

»Dasselbe gilt für *Yuegongdian baozou*, den ›Aufruhr im Mondpalast‹. Eingedenk Ihres nicht ganz verläßlichen Gedächtnisses, Herr 86, haben wir eine erweiterte Suche durchgeführt, die so gut wie alle allgemeinen Schriften erfaßt. Und sogar das meiste an grauer Literatur. Doch nirgendwo wird das Werk geführt. Mehr noch. In der betreffenden Folge Ihres Essays« – Herr Liang knallte das Heft auf den Schreibtisch, wandte sich zum Fenster und sagte wieder in einem Atemzug, obwohl das ob der schieren Länge unmöglich schien – »schreiben Sie, das ›*Yuegongdian baozou* (›Aufruhr im Mondpalast‹) von Dong Yingming sei Anfang der 2020er Jahre erschienen und weltweit populär gewesen‹. Daß ein derart verbreitetes Werk in der Suche nicht aufscheint, ist undenkbar. Haben Sie also gelogen? Oder …«

Ich weiß noch genau, daß ich den Kopf gehoben und auf Herrn Liangs Rücken gesehen habe. Denn von dort hallte seine Stimme durchs ganze Zimmer.

»... haben Sie etwas wiedergegeben, was in einem Roman eines anderen Autors vorkommt?«

Das verwirrte mich einen Augenblick.

Meinte er einen Roman, den ich tatsächlich gelesen hatte, oder einen von mir in einem Roman gelesenen Roman?

Ich hatte das Gefühl, daß mein Gedächtnis nicht mehr meines sei, so wie man, sobald etwas durch jemanden beglaubigt wird, plötzlich nicht mehr weiß, ob es in der realen Vergangenheit oder in einem Traum stattgefunden hat.

Ich bitte Sie, glauben Sie mir.

Ich habe nie vorgehabt zu lügen.

Dies schrieb ich mit rotem Kopf Herrn Liang in mein Heft und fügte zuletzt in großen Lettern hinzu: Hochverehrter Herr Liang! Ich habe kein Motiv zu lügen.

Einen Moment lang, als ließe er sich diese Worte noch einmal prüfend durch den Kopf gehen, hielt Herr Liang inne, nahm dann das Maiheft vom Tisch, öffnete die Tür und sagte, bevor er ging: »Aber was, wenn Sie von Anfang an vorgehabt hätten, in diesen Heften einen Roman zu schreiben?«

Welch wahnwitziger Verdacht!

Auf welcher Grundlage denn?

Ich habe doch in diesem »Das Romanverbot ist nur zu begrüßen« stets und allüberall den Roman scharf kritisiert! Und nicht nur das. Ich habe sogar, wie Sie, verehrte Leser, bestätigen können sollten, das Schwert meiner Kritik gegen die geschriebene Sprache als solche erhoben.

Prüfen Sie doch bitte den *Aufruhr im Mondpalast* noch einmal genauer! Ich jedenfalls habe den Handlungsablauf und weite Teile des Textes genau im Kopf. Dieser Roman, in welcher Form auch immer, existiert!

Ich bitte Sie ergebenst, Sie alle, die Sie mit jener wichtigen Behörde der Asiatischen Union zu tun haben, um erneute Prüfung. Sonst stehe ich vor jedermann als Betrüger da.

Glauben Sie wirklich, ich hätte um jeden Preis einen Roman schreiben wollen?

Als Roman, meine Herrschaften, wäre dieser lange Essay doch der Inbegriff des Scheiterns! So einen seltsamen Roman gibt es nicht.

Ein Roman braucht, wie soll ich sagen, andere Ingredienzien. Mehr Figuren, Wechsel des Schauplatzes, dialogische Vielfalt, Bewegung der auftretenden Personen in der Zeit. Er integriert zudem keine direkte Kunstkritik, fügt möglichst keine Diagramme ein und muß nicht ständig betonen, ein Essay zu sein.

Dies ist demnach etwas anderes als ein Roman. Etwas völlig anderes.

Glauben Sie mir.

Damit Sie das tun, damit Sie sehen, um welche Art von Werk es sich beim *Aufruhr im Mondpalast* handelte, bleibt mir nichts anderes übrig, als hochkonzentriert meine Erinnerungen durchzugehen und einige Szenen des Romans so detailliert wiederzugeben, wie es bei einer bloßen Traumreminiszenz nicht möglich wäre.

Selbstverständlich ohne meine Romankritik aufzugeben. Denn wenn ich diese Seiten ausschließlich der Wiederherstellung des *Aufruhrs im Mondpalast* widmete, sähe das so aus, als wollte ich einen Roman installieren.

Nein. Ich gehöre nämlich jenseits jeden Zweifels zu jenen, die das vom Neu[redacted]amt der Asiatischen Union erlassene Romanverbot vollumfänglich befürworten.

WAHNVORSTELLUNGEN / ÄUSSERSTE VORSICHT
BEHANDLUNG: STRENG
DISZIPLINIERUNG: STRENG

9

Bald wird es Mitte September sein.

Sekirei naku. Die »Zeit, in der die Bachstelzen rufen«.

Ich bin in der Großstadt aufgewachsen und kenne den Ruf der Bachstelze leider nicht. Ich habe den Vogel aber einmal, als ich ihn in einem Roman, in dem die Stimmen der Toten zu hören sind, auftreten ließ, im digitalen Raum gesehen und dabei sein hohes, wie Eissplitter über Wasser segelndes *tschiwitt* gehört.

Sekirei naku ist die zweite Pentade der *hakuro* (»Weißer Tau«) genannten Zeit. Im Mutterland sind es nicht die Bachstelzen die rufen, sondern die »Schwalben, die in den Süden zurückkehren«, *genchō kaeru*.

Zu Beginn dieses Essays habe ich berechnet, daß auf dem ostperipheren Archipel die Taubewegung der unterirdischen Eisadern gegenüber dem Mutterland mit zehntägiger Verspätung einsetzt, doch bei den »ziehenden Schwalben« sind es nur fünf: Sie folgen als dritte Pentade *hakuro* unmittelbar auf die »rufenden Bachstelzen«. Die Schwalben, heißt es auf dem ostperipheren Archipel, *ziehen (weg) in den Süden (genchō saru)*. Interessanter als die zeitliche Diskrepanz ist allerdings der sprachliche Unterschied: Bei »zurückkehren« überwiegt die Konnotation des Nachschauens und das Gefühl, daß die Vögel im nächsten Jahr wiederkommen werden, bei »(weg) ziehen« die Trauer, daß man sie vielleicht zum letzten Mal sieht.

Vielleicht haben wir einen eine Spur anderen Blick auf diese kleinen Vögel, die unter unseren Vordächern Nester bauen und die Lüfte durchflitzen, auf den Wandel der Jahreszeiten und auf das Leben des Menschen, vielleicht auch auf die Regionen, in die sie ziehen.

Tatsächlich ist es so, wie man im Mutterland sagt: Im Herbst machen sich die Schwalben nach Süden auf. Sie ziehen zum Überwintern in wärmere Gebiete, nach Malaysien, der Heimat des »Prinzen«, auf die Philippinen, ins Unabhängige Taiwan, nach [redacted], das einmal zum ostperipheren Archipel gehört hat und von dem, wie ich höre, noch nicht klar ist, ob es neue Souveränität erlangt.

Viele Menschen fragen sich wahrscheinlich ganz naiv, warum die Zugvögel, anstatt im Frühjahr wieder nach Norden zu fliegen, nicht einfach im Süden bleiben. Ich mich auch. Doch gestern oder vorgestern, als ich auf dem Bett saß und spürte, wie die kalte Luft der Klimaanlage durch die Gitterstäbe unten in der Tür hereinströmte, kam mir plötzlich der Gedanke, daß wir uns das nur fragen, weil wir von der sprachlichen Prämisse »überwintern« ausgehen. In Malaysien, auf den Philippinen, in Taiwan und so weiter brechen die Schwalben zweifellos zum Übersommern auf. Sie haben sich zu Lebewesen entwickelt, die mittlere Temperaturen brauchen; in südlichen jahreszeitenlosen Gefilden könnten sie zu Zeiten großer Hitze gar nicht brüten.

Übersommern.

Gibt es dieses Wort?

Die Kultur der Sommerfrische, der Hitzeflucht gibt es in der ganzen Welt; Könige und Fürsten egal welcher Region hat es danach verlangt, und sie haben sich prächtige Sommerresidenzen errichtet. Auf dem ostperipheren Archipel bevorzugte man seit alters her die Berge von Kumano, vor und nach dem Zweiten Weltkrieg Karuizawa, auch die Hochebene von Kiyosato ist populär gewesen.

Übersommern Tiere? Oder machen das nur Menschen?

Warum legen Tiere keine großen Strecken zurück, um der Hitze zu entkommen?

Ich steckte ein aus meinem Heft gerissenes Stück Papier durch das Gitter unten in der Tür: »Herr Prinz, migrieren in Ihrem Land Tiere, um in der Trockenzeit der Hitze zu entfliehen?«

Der »Prinz«, der offenbar weiter weg gewesen war, kam freundlicherweise den Korridor herunter, öffnete nach einem Rascheln das Sichtfensterchen, hinter dem ich ihn im Stehen erwartete, und preßte aus dem oktopusähnlich vorgestülpten Mundstück seines Schutzanzugs hervor: »Was ist das?«

Daraufhin hielt ich ihm die Seite mit den bis dahin geschriebenen Zeilen ans Fenster, verbeugte mich und bedeutete ihm mit den Augen, er möge das bitte lesen.

Die Antwort des »Prinzen« – entweder hatte er sehr schnell gelesen, oder er hatte kein Interesse – kam umgehend: »Ich bin nicht verpflichtet, zu antworten.«

Verpflichtet natürlich nicht, aber … sprach ich ihn im Herzen an, worauf er fortfuhr: »Ihr Gefangenen wollt mit uns freundschaftlich verkehren. Aber ich bin nicht der Freund, für den Sie mich halten.«

Ich erinnere mich, daß der knittrige Schutzanzug aus Spezialpapier sich an seinem Kinn gebläht hat. Ich war getroffen. Zwar hatte ich nicht gedacht, daß wir Freunde seien und nichts weiter, natürlich nicht, aber doch angenommen, daß zwischen mir und ihm und Herrn Liang eine besondere Beziehung bestünde.

»Sie erliegen einem Irrtum, Nummer 86. Ich habe Sie schon so oft bestraft. Wie können Sie glauben, ich sei Ihr Freund?«

Das durchsichtige Kunstharz über seinen Augen reflektierte das vom Zimmer her kommende Licht, so daß ich nicht in seiner Miene lesen konnte, doch in seiner Stimme, schien mir, lag etwas Klagendes. Eine Antwort hatte ich aber nicht.

»Ich bin Soldat, und als solcher kenne ich Ihnen gegenüber

weder Mitleid noch Ärger noch ein schlechtes Gewissen. Allerdings habe ich die Erlaubnis – und den Befehl –, Ihnen bei dem, was Sie vorhaben, von Anfang an entgegenzutreten.«

Auch meine Miene war, glaube ich, ausdruckslos. Ich wußte auch gar nicht, welches Gesicht ich hätte machen sollen.

»Eines aber will ich Ihnen sagen. Die Seiten mit Ihrem Essay oder was auch immer sind womöglich nur in *Ihren* Exemplaren des Heftchens enthalten.«

Wie man sich vorstellen kann, hätte ich mich am liebsten auch in Luft aufgelöst. Die Heftchen, durchfuhr es mich schmerzhaft, bestanden nur aus zusammengeklammerten, kopierten Seiten. Möglich war es also.

Doch in einem Winkel meines Herzens war ich davon überzeugt, daß der »Prinz« lügt. Ich bin es noch immer, und deshalb schreibe ich redlich mein Manuskript, für *dieses* Heft.

Die Möglichkeit, daß mich vielleicht niemand liest, trifft mich härter als jede körperliche Strafe, verstehen Sie das bitte. Daß auch dies jetzt, dieser Text Sie, meine Mitgefangenen, vielleicht gar nicht erreicht, Ihnen nicht zugestellt wird, kann ich einfach nicht glauben. Warum sollte man so etwas tun? Das wäre ja gleichsam, als unterzöge man mich auf einer psychiatrischen Station einer Therapie. Einer Essaytherapie!?

Nein, selbst für den Fall, den unwahrscheinlichen Fall, daß die Zahl meiner Leser beschränkt sein sollte, ist es doch Tatsache, daß Herr Liang und der »Prinz« sowie, und sei es nur in Teilen, Personen an höherer Stelle mich lesen, liege ich also noch nicht wirklich am Boden.

Doch hier sagte der »Prinz« folgendes: »Wie ich selbst hegt im übrigen auch der von Ihnen so vertraulich ›Herr Liang, Herr Liang‹

genannte ranghohe Beamte nicht die geringsten freundschaftlichen Gefühle für Sie.«

Ich spürte die Welle des Schocks, noch bevor sie mich erreichte, wußte im selben Moment, daß ich nichts, nichts hatte, um mich vor ihr zu schützen, und starrte nur in des »Prinzen« runde Augen hinter dem durchsichtigen Kunstharz.

»Er heißt auch nicht unbedingt Liang. Als Sie ihn nach seinem Namen fragten, hat er Ihnen wahrscheinlich den erstbesten genannt, der ihm in den Sinn kam. Glauben Sie im Ernst, daß ein ranghoher Beamter einem Zellenhäftling einfach so seinen Namen nennt?«

Ich weiß nicht, wie lange ich dort stand, ohne zu antworten. Beim Zurückspulen der Bilder in meinem Gedächtnis sehe ich aber, daß es hinter mir im Raum langsam dunkel wird.

Schließlich schüttelte ich, obwohl der für mich zuständige Herr Beamte schon nicht mehr an der Eisentür stand, zur Korridorwand hin leise den Kopf.

*

Der *Aufruhr im Mondpalast* enthält auch die folgende Szene. Ich beschreibe sie weiter unten.

Ich erinnere mich daran, weil ich beim Erscheinen des Romans die Befürchtung hatte, der Phantasismus der Menschheit könne überhand nehmen, und in Vorbereitung einer langen Kritik sehr genau gelesen und dabei Passagen in mein Notizheft übertragen habe.

Mir ist daran gelegen, mich reinzuwaschen und die Zweifel auszuräumen, die, wie ich höre, laut geworden sind, weil ich im Falle des *Mondpalastes* anders als bei anderen Werken sehr entschieden und detailliert zitiert hätte.

Daß der *Aufruhr im Mondpalast* gar nicht existiert, ist lächerlich. Soll ich ihn also im Traum gelesen haben? Oder, wie die Dorfbewohner die Geschichten der Erzählerin Yang Chunzhan, als eine Art »Imagiton« gehört haben?

Nein, ich habe das Werk in der Hand gehabt.

Es war nach meinem sechzigsten Geburtstag, meine Frau feierte ihren später. Die übersetzte Ausgabe war ein Paradebeispiel für die immer schlechter gewordene Papierqualität, seitdem Gedrucktes in Massen die Welt überschwemmte; die Textseiten und der Einband waren kaum zu unterscheiden, und die billige Druckerschwärze, die man verwendet hatte, ließ den Druck wie eine Ansammlung zerfranster toter Silberfischchen aussehen. Das war beileibe nichts Ungewöhnliches, aber weil der Roman von befreundeten Redakteuren und Schriftstellern ziemlich gelobt wurde, hatte ich mir irgendwie vorgestellt, daß dieser *Aufruhr im Mondpalast* wie das neue Werk eines Weltschriftstellers in Luxusausstattung, wenn nicht gar im Schuber daherkäme.

Kurzum, vom äußeren Erscheinungsbild her war es ein ganz gewöhnliches Buch.

Aber schon bei der ersten Zeile sprang mich der Wahn des Schreibers an, befand ich mich in einem Orkan. Ich mußte schlucken und wußte zugleich sofort, daß diese Literatur gefährlich war, daß es sie nicht geben darf.

Eine ebenso gräßliche erste Zeile findet sich in dem Roman *Die wilden Detektive,* dem Werk eines Anfang dieses Jahrhunderts verstorbenen chilenischen Autors. Natürlich kann ich sie hier – in der Übersetzung – präzise wiedergeben:

「はらわたりありずむにぜひとも加わってほしいと誘われた」

»Sie haben mich eingeladen, am viszeralen Realismus teilzunehmen.«

Ungenau ist das Zitat nur insofern, als die auf Anordnung der gewissen wichtigen Behörde der Asiatischen Union verbotenen Zeichen des Katakana-Syllabars hier durch Hiragana ersetzt sind. Der Satz als solcher ist aber korrekt, da bin ich mir sicher. (Die Katakana zu verbieten, ist übrigens völlig richtig gewesen. Auf dem ostperipheren Archipel haben die Katakana vor allem in der Moderne und bis in die jüngste Zeit dazu beigetragen, die aus dem Ausland einströmenden Dinge, Sachverhalte und Personen ungeprüft zu übernehmen, so daß es bei uns aufgrund dieses Syllabars zu einer Abwendung von Asien und Hinwendung zum Westen gekommen ist.)

Als ich um das Jahr 2010 diesen Satz las, fiel mir vor Schreck das Buch aus der Hand. »Viszeraler Realismus«, was sollte das sein? Was bedeutete »daran teilnehmen«? Ich war zum Platzen gespannt, und mein Herz schlug so schnell, daß ich ein paar Minuten brauchte, um das Buch wieder aufzuheben. Eine derart elektrisierende Zeile hatte ich noch nie gelesen, und tatsächlich wurde meine freudige Erwartung bei der Lektüre des dicken Romans an keiner Stelle betrogen.

Erst im *Aufruhr im Mondpalast* begegnete mir wieder ein solcher Anfang: »Wie Sie wissen, schwimmen die Fische bei Flut aus den dunklen Tiefen der Tiefsee ins Seichte, legen sich bäuchlings auf die Felsen und lesen Bücher.«

Wie Sie wissen! Schon dieser Anfang! Gefolgt von der lapidaren Behauptung, daß *die Fische Bücher lesen*. Dazu dieses Gefühl von Distanz, der genau richtigen Distanz zwischen dem Titel, *Aufruhr im Mondpalast*, und der Erwähnung der Tiefen der Tiefsee im ersten Satz!

Da will man doch weiterlesen!

Und deshalb fiel mir nach langer Zeit wieder einmal ein Buch aus der Hand, verehrte Leser! Der dicke, im Vergleich zu den *Wilden*

Detektiven aber wesentlich leichtere, sich rauh anfühlende, »tierende« *Aufruhr im Mondpalast.*

Allerdings war diesmal selbstverständlich der Abscheu mit dabei, daß so ein Werk überhaupt hatte auftauchen können. In meinem Arbeitszimmer, zurück von einem Krankenbesuch bei meiner Frau, schaute ich an dem Sommerabend, ohne das Licht anzumachen, nur zu Boden und betete inständig, daß dieser Roman so flach, so phantasielos, so wenig ergreifend sein möge wie die anderen.

»Von den unzähligen Büchern, die bis zur Ebbe gelesen werden konnten, wollte ich mit Hilfe eines alten Fischers, den ich am Strand warten ließ, von Beginn an jenes aus Lagen von Tang geformte lesen, das die an den Flankenflecken in den Farben des Regenbogens schillernden Rotgrundeln in der Bucht meiner Heimat ertauchten. Denn die messerkleinen jungen Rotgrundeln hatten äußerst verständige Augen und steckten ihre Köpfe tief und hochkonzentriert in das Tanggewoge. Das konnte kein langweiliges Buch sein. Auch in den *Streifzügen durchs Meer* der Frühlings- und Herbstperiode heißt es, daß unter den Fischen insbesondere die Rotgrundeln einen auserlesenen Büchergeschmack hätten.«

Das Zitat dürfte ziemlich fehlerlos sein. Einen so komischen Anfang hat man ja selten.

Und das Buch, das die Rotgrundeln angeblich lasen, war natürlich der *Aufruhr im Mondpalast.*

In einem Buch ein anderes Buch auftauchen zu lassen, ist kein ungewöhnliches Verfahren; ein bekanntes Beispiel ist das auf dem ostperipheren Archipel dem [redacted]graphieverdacht ausgesetzt gewesene *Yojōhan fusuma no shitabari* (»Die Untertapete«), das vorgibt, es sei auf einer Papierschiebtür gefunden worden, als aufgeklebter Unterbezug. Der Autor, Nagai Kafū, hat sich auch in einem anderen Werk, der *Romanze östlich des Sumidagawa,* in der er den Protagonisten eine Erzählung mit dem Titel »Untergetaucht« schreiben läßt, dieser Schachteltechnik bedient, und in *Die Falschmünzer*, dem labyrinthischen Hauptwerk des großen französischen Schriftstellers André Gide, schreibt eine Figur des Romans einen Roman desselben Titels.

Auch die meisterliche *Biographie der Frühlingsharfe* von Tanizaki Jun'ichirō, der auf dem ostperipheren Archipel vor und nach dem Zweiten Weltkrieg zahlreiche erotische Romane geschrieben hat, beginnt mit dem Hinweis des Erzählers, ihm sei ein schmales, »Das Leben der Mozuya Shunkin« betiteltes Heft in die Hände gefallen; auch hier wird also versucht, mit dem Verfahren des Buches im Buch einen besonderen Anstrich von Wahrheit heraufzubeschwören.

Ein Aufsatz in einem Heft, das ist wie bei meinem »Das Romanverbot ist nur zu begrüßen«; nur daß bei Tanizaki eine völlig abwegige Biographie geschildert wird, während es sich beim »Romanverbot« natürlich um einen tatsächlich von mir geschriebenen Essay handelt, verehrte Leser. Den *Aufruhr im Mondpalast* schildere ich hier ja gerade deshalb, damit Sie mir glauben.

Aber einerlei. Viele Autoren ziehen in ihren Romanen Belege aus Schriften anderer Autoren heran, um Erfundenem den Anstrich von Wahrem zu geben. Ich glaube sogar, daß alle Romanautoren das tun, selbst wenn sie in ihren Schriften andere Werke nicht expressis verbis benennen.

Denn in dem Punkt, daß Fiktives geschrieben wird, in dem Punkt, daß beispielsweise, wenn man wie ich mit der Hand schreibt, Zeichen auf Papier gebracht werden, lassen sich grundsätzlich bei keiner Geschichte verschiedene Ebenen der Fiktion ausmachen. So wie sich im erwähnten *Kōjin* keine Ebenen des Informationswertes ausmachen lassen.

Ob Tanizaki Jun'ichirō *Biographie der Frühlingsharfe* aufs Manuskriptpapier schreibt oder den Inhalt des »Das Leben der Mozuya Shunkin« betitelten Heftchens, macht keinen Unterschied. Das eine wie das andere sind Reihen von Zeichen auf einer Fläche.

Gerade weil aber der moderne Roman sinequanonisch realistisches Schreiben verlangt, schreibt man schachtelstrukturelle Werke, als stellten sie einen Sonderfall dar. Die Autoren tun das, um ehrlich zu sein, aus Spaß. Einer der beiden Teile erscheint dann zusehends realistischer als der andere beziehungsweise, umgekehrt, weckt Interesse durch Lügenhaftigkeit.

Der Essay braucht all das nicht.

»Auf der Schiebetür klebte unter dem Bezug ein Essay, den stelle ich hier vor« – solche mühsamen Umwege kann man sich im Essay sparen. Es genügt zu schreiben: »Folgendes habe ich mir zusammengereimt.«

Vom *Aufruhr im Mondpalast* nun kann man, obwohl er als »an einem anderen Ort entdeckter« Roman konzipiert ist, angelegentlich der Stelle, es handle sich um einen von Rotgrundeln begeistert gelesenen, in Tang geschriebenen Text, nicht behaupten, daß er realistisch sein will.

Doch der Mensch hat eine furchtbare Lücke im Hirn, er will, auch wenn die Vernunft ihm zehnmal sagt, wie idiotisch das Ganze ist, wissen, wie genau sich die Sache verhält, wie die so unrealistisch begonnene Geschichte weitergeht, wie sehr sie sich vom normalen Gleis entfernt, liest am Ende also doch »realistisch«. So wie Opfer himmelschreiender sexueller oder häuslicher Gewalt sich das Narrativ zusammenspinnen, sie hätten selber schuld. So wie alte Leute die unwahrscheinlichsten Geschichten, die man ihnen auftischt, nicht für Betrug halten, sondern sich darüber freuen, daß man mit ihnen spricht.

Diese Schwäche macht sich der Roman zunutze.

Findet man in den Banken nicht überall Warnungen vor Überweisungsbetrug, auch heute noch? Steht nicht überall: »Hat Sie womöglich jemand, den Sie gar nicht kennen, um diese Überweisung gebeten?« Früher stand das sogar auf den Etuideckeln der ausgelegten roten Stempelkissen.

Solche Warnungen sollten auf die Umschläge aller Druckschriften aufgebracht werden. »Handelt es sich hier womöglich um einen Roman?« »Hat das womöglich jemand geschrieben, den Sie gar nicht so genau kennen?« Nein. Da das Verlegen von Romanen verboten worden ist, sollte man eher die dunklen Vertriebswege ins Visier nehmen. In Bahnhöfen, im Eingangsbereich von Geschäften, die Elektronenrechner verkaufen, an Bibliothekstresen und so weiter sollte plakatiert werden: »Sie haben Fiktion entdeckt? Bringen Sie es uns zur Kenntnis!« »Der Essay nimmt romanhafte Züge an? Sofort zuklappen und anzeigen!«

Inwieweit der *Aufruhr im Mondpalast,* der heutzutage mit gutem Grund absoluter Kontrolle unterläge, vom normalen Gleis abweicht, berichte ich Ihnen, versehen mit einer entsprechenden Warnung, in der nächsten Folge.

Das Bild der Protagonistin und Erzählerin, der heldenhaften Yang Chunzhan, ist ja noch keineswegs klar.

ANTRAG AUF ERSTELLUNG
EINES PSYCHIATRISCHEN GUTACHTENS
BEHANDLUNG: STRENG
DISZIPLINIERUNG: MITTELSCHWER

10

Oktober. Auch das Jahr 2036 geht auf sein Ende zu.

Die Schwäche des frühherbstlichen Sonnengelbs kommt mir wie meine eigene vor und schenkt mir doch die Gelassenheit, in Frieden meine Atemzüge zu tun.

Wir sind in der siebzehnten der vierundzwanzig traditionellen kleinjahreszeitlichen Perioden, *kanro,* dem »Kalten Tau«, und in deren erster Pentade, *kōgan kitaru,* der »Zeit, in der die Wildgänse zu uns ziehen«.

Das ist im Mutterland so und auch auf dem ostperipheren Archipel. Die Vögel ziehen wieder. Aus freien oder womöglich eher unfreien Stücken ziehen sie wieder her oder weg.

Von Norden kommen die Zugvögel, um hier den Winter zu verbringen. Die Schwalben übersommern, die Wildgänse überwintern. Sie gewinnen mit ihrer Flucht aus einer unwirtlicher werdenden Umwelt, mit dem Verlassen ihrer Nester und mit ihrer Wanderschaft doch mehr, glaube ich, als das bloße Überspringen einer Jahreszeit. Wenn das lange Fliegen im Schwarm, ohne Nahrung, ohne Wasser, für sie ein lebensnotwendiger Akt sein sollte – was liegt ihm zugrunde? Das Wissen, nein: der Wille, die Schwachen auszusondern? Die Notwendigkeit, für den Fortbestand der Art zu sorgen, die nur in gemäßigtem Klima möglich ist? Oder ein die Vorstellung des Menschen übersteigender Trieb ganz anderer Art?

In fünf Tagen beginnt die zweite Pentade des »Kalten Taus«. Auf dem ostperipheren Archipel heißt sie »Zeit der Chrysanthemenblüte«, im Mutterland dagegen die »Zeit, in der die Spatzen ins Meer tauchen und zu Venusmuscheln werden«. Eine so merkwürdige Benennung kommt bei den zweiundsiebzig Pentadenbezeichnungen noch einmal vor: Die letzte Pentade der in ungefähr anderthalb Monaten einsetzenden Periode *rittō*, »Winteranfang«, bezeichnet man im Mutterland als »Zeit, in der die Fasane ins Meer tauchen und zu großen Venusmuscheln werden«.

In beiden Jahreszeiten wandeln sich Vögel zu marinen Lebewesen. Spatzen und Fasane sind, anders als Schwalben und Wildgänse, keine Zugvögel. Sie verschwinden – und schweigen – auf ihre Art: im Meer, indem sie zu Muscheln werden.

Im Herbst, vor dem Winter, wenn der Wind kälter wird.

Ich bin ja ein Mensch, der nicht nach draußen sehen kann; doch wenn ich mir Vögel ausmalen sollte, welche wären es? Jene, die ziehen, oder jene, die zu Muscheln werden?

Heute abend erstrahlt der Himmel vielleicht in schönem Rot. Am Nachmittag erfüllt ein Licht dieser Färbung mein ganzes Zimmer. Bestimmt werden die Vögel in dem fahlen Orange in klaren schwarzen Silhouetten am Himmel stehen.

Ich aber werde dann wohl die Vögel vor Augen haben, die nacheinander ins Meer stürzen.

Vielleicht bin ich so rührselig, weil sich bald wieder der Todestag meiner Frau jährt. Man hat mir gesagt, es sei ein nieseliger Dienstag Ende Oktober gewesen. Nie hätte ich gedacht, daß ich so lange eingekerkert würde, und hatte inmitten des Krisengeschreis, der ökonomische Zusammenbruch stehe bevor, ein für unsere Verhältnisse unangemessen großes Grab gekauft. Natürlich für mich mit.

Es lag auf dem Gelände eines Tempels am Edogawa, im äußeren Osten der Alten Hauptstadt. Angesichts des drohenden Krieges trieben mich gewiß persönliche Erinnerungen: Der Edogawa floß auch an der Kleinstadt vorbei, in der ich geboren und aufgewachsen bin.

Ich wohnte zwar im Ostteil der Alten Hauptstadt, zur Unterstadt hin, fühlte mich bis dahin aber eher vom Sumidagawa angezogen. Vielleicht, weil der Sumidagawa so oft in der Literatur beschrieben wird, vielleicht aber auch nur, weil mir schien, daß sein künstliches Erscheinungsbild besser zu meiner Gefühlswelt passe.

Als meine Frau aber, die im Nordosten des Archipels geboren wurde und erst als Erwachsene in die Neue Hauptstadt zog, krank und schließlich hospitalisiert wurde, sehnte ich mich, glaube ich, nach einem Halt.

Haben mich die Schleifen des Flusses an die gezackte Narbe auf dem Rücken meiner Frau erinnert? Oder war es das von welkem Unkraut überwucherte Flußbett, zu dem mich meine schon lange verstorbenen Eltern mitnahmen und an das ich denken muß, wenn ich an meine Familie denke?

Ich höre einen »Imagiton«.

Ahh. Die Stimme meiner Frau, von damals, als sie es gesagt hat.

Es war ungefähr zwei Wochen, bevor man mich plötzlich ins Gefängnis gesteckt hat. Es war ein stiller früher Nachmittag, ins Krankenzimmer fiel kein Sonnenlicht. Auf dem Tischchen, das man ihr auf die Bettdecke gestellt hatte, den Kopf in die Hände gestützt, sah meine Frau zu mir auf und sagte: »Ich habe dich angezeigt.«

Ich weiß noch, daß ich das Gefühl hatte, es gewußt zu haben, und nicht einmal ein Erschrecken zustande gebracht habe. Es war Ende Herbst, genau wie jetzt.

Draußen pfiff kein Wind, und es fiel kein Regen; nur wolkiges Grau bedeckte den Himmel. Genau wie hier und jetzt.

Schwer atmend fuhr meine Frau fort: »Geh ins Gefängnis und lebe! Das ist besser, als hier von aufgebrachten Nachbarn zu Tode geprügelt zu werden. Im Gefängnis schreiten irgendwann die Wärter ein. Bald wird es Luftangriffe geben, Selbstmordattentate, Giftanschläge. Ich will, daß du lebst. Und ich will, daß dir der Anblick elendiglich zu Tode gekommener Menschen möglichst erspart bleibt. Und, egal was wird: Ich will, daß du mich haßt.«

Ich höre die Stimme meiner Frau, ihre Schultern beben: »Denn ich habe dich als Volksverräter denunziert.«

Ich besuchte sie noch zwölfmal im Krankenhaus, dann wurde ich plötzlich verhaftet.

Das Grab. Meines und das meiner Frau, in deren Sterbestunde ich nicht bei ihr gewesen bin.

Auf dem Friedhof eines kleinen, ziegelgedeckten Tempels am Edogawa.

Als Kind bin ich mit Freunden in den großen Park am anderen Ufer gegangen und habe in dem Teich Libellenlarven gekeschert. Der Vater meiner Freunde war Sakehändler. Wir haben dann bei ihnen auf dem Speicher ein leeres Sakefaß mit Wasser gefüllt, beim Goldfischhändler gekaufte Algen hineingetan und jeden Morgen vor der Schule nachgeschaut, wie die Larven zu Libellen werden. Daran erinnere ich mich noch genau, ich spüre noch die Luft des Frühsommers und Sommers auf der Haut.

Wie es jetzt dort aussehen mag, kann ich nicht einmal vermuten, denn seit dem dritten Jahr nach den Selbstmordattentaten, die überall in der Neuen Hauptstadt begangen wurden, bin ich nicht mehr draußen gewesen. Das ist jetzt zwölf Jahre her.

Allerdings bin ich besser darin geworden, mir im Kopf die Welt auszumalen. Daß das Grab am Edogawa überwuchert ist. Daß die Leute, die ins Flußbett flohen, in Bretterverschlägen leben, wie ich sie als Kind dort gesehen habe. Daß auf den bombenverrußten Dächern der Gebäude, wo meine Frau und ich lebten, Buschklee und Schilf und irgendwelche unbekannten, dünnen Gräser in irreal anmutende Höhen aufschießen. (Dies vielleicht, weil ich drei Jahre nach dem ersten Reaktorunfall auf dem ostperipheren Archipel bis nahe an die Sperrzone gegangen bin und in den verwaisten Städten dort überall mannshoch und höher wucherndes Unkraut gesehen habe.)

Jetzt, wo der Konflikt vorbei ist, wird alles bestimmt wieder schnell erschlossen, wird all das nicht mehr zu sehen sein. Doch müssen von den wichtigen Ämtern und Behörden der Asiatischen Union klar ausbuchstabierte, konkrete Anordnungen erfolgen: Sonst werden die Menschen des ostperipheren Archipels, die sich durch eine an Dummheit grenzende Planlosigkeit auszeichnen, in den Alten Städten wie jenes überschießende Unkraut zusammendrängen und ihr Tun und Treiben an Abwässergräben fortsetzen, in zerborstenen Eingangsbereichen und selbst in den Zwischenräumen zwischen den Häusern, durch die nicht einmal ein Kind hindurchpaßt.

Wie sieht es, andererseits, in den Neuen Städten aus? In den Städten, die, wie ich dem, was die Verantwortlichen meines Trakts sagen, am Rande entnehme, nur in meinem Kopf aufgebaut werden? In der Stadt, die im Norden, mutterlandseitig, im Fusionsgebiet Niigata-Toyama gebaut wird, möglichst weit weg von dem auf Jahrhunderte unbewohnbaren [redacted]seitigen Teil des Archipels?

Nach den Vorstellungen des aus ganz Asien einströmenden Kapitals soll dort der größte Hafen Ostasiens entstehen, ein Stützpunkt zur Lagerung von Gütern, mit tief in die Erde gegrabenen Speichern, mit sich in alle Zonen erstreckenden unterirdischen Verbindungspassagen, und natürlich, nach Erschließung des Hafens, als Anlaufstelle für Schiffe, gleichsam ein neues blühendes Bohai, wie es im Altertum im Norden der koreanischen Halbinsel existiert hat. Vielleicht herrscht dort schon die Betriebsamkeit lebhaften Seehandels, jetzt, ein Jahr nach dem verlorenen Krieg.

Oder ist es ganz anders, verehrte Leser außerhalb dieser Einrichtung? Müssen Sie vielleicht lachen oder haben genug von meiner armseligen Phantasie? Wie sieht es draußen wirklich aus? In Shinfukyō, der »Neuen Metropole Niigata-Toyama«, von der nichts Genaues zu mir dringt?

Und an dem Grab im Osten der Alten Hauptstadt, das ich gekauft habe und in dem meine Frau wohl liegt?

*

Der »Prinz« sagt, Herr Liang sei nicht Herr Liang. Und mein Text würde nur den *Requies*-Heften beigelegt, die in meine Zelle kommen.

Der für meine Anleitung zuständige Herr Wärter sagte, ich solle nie wieder ein Romanimitat schreiben und ließ mir dabei auf mein rechtes Bein die gerechte Behandlung angedeihen. Warum aber unterzieht man mich seit dem letzten Monat der medizinischen Behandlung, mir bei gespreizten Lidern sandkornähnliche Körnchen in die Augen zu streuen und zu verreiben? Seit genau der Zeit, als ich damit begann, mit Nachdruck zu behaupten, daß es sich beim *Aufruhr im Mondpalast,* den ich ohne Zweifel gelesen habe, um einen äußerst faszinierenden und deshalb um so verwerflicheren Roman handelt, nicht wahr?

Verehrte Leser, ich habe Dong Yingmings *Aufruhr im Mondpalast* wirklich gelesen!

Mit zweiundfünzig, im Jahre 2013, habe ich tatsächlich einmal einen *Nicht existierende Romane* betitelten Erzählband geschrieben. Darin stelle ich sechs Erzählungen »nicht existierender Schriftsteller« vor.

Dabei handelt es sich selbstredend um Fiktion.

Ein Sammelband mit Prosastücken, die mir von einem nicht existenten Übersetzer namens Karimikan Sankichi – »Behelfsmandarine Dreiglück (!)« – zugesandt worden seien! Das ist natürlich Unsinn.

Ich habe die Stücke alle selbst geschrieben.

Alle sechs stammen von erfundenen Autoren. Nein, halt. Eines habe ich mit meinem eigenen Namen gezeichnet. Das ändert aber nichts daran, daß ich natürlich auch die anderen, bei denen ich mich des Namens Karimikan Sankichi bediene, bei denen ich eine erfundene Identität annehme, geschrieben habe.

Weshalb aber sagt man nun wieder, ich schriebe hier unter dem Namen Dong Yingming Bruchstücke eines Romans? Ausgerechnet ich, der ich mich stets gebrüstet habe, in meinen Romanen nie dieselbe Methode zweimal zu verwenden!

Man erinnere sich bitte: Als ich den *Aufruhr im Mondpalast* las, das heißt einige Jahre vor Beginn des Konflikts, schossen, wie ich bereits erwähnt habe, die Verlagshäuser wie Pilze aus dem Boden und wurden von überall her massenweise Übersetzungen eingeschleppt. Wie Sie ebenfalls wissen, und auch das habe ich bereits erwähnt, wurden in den jeweiligen Ländern zudem Bücher aus anderen Ländern illegal eingeführt und vertrieben.

Ich darf das ein wenig ausführen.

Auf dem ostperipheren Archipel existierten früher zwischen den Verlagshäusern und den Buchhandlungen »Vertriebsgrossisten«, die aber kurz vor Ausbruch des Konflikts praktisch nicht mehr funktionierten, so daß potentielle Renner auch außerhalb der Verlage produziert und im digitalen Raum vermarktet wurden (und zwar nicht nur als digitale Leseexemplare, sondern, da der Glaube an bedrucktes Papier beinahe religiöse Züge angenommen hatte, in physischer Form, was den verbliebenen fusionierten Großbuchhandlungen und anderen Vertriebsorganisationen zu der Zeit – wie es heute ist, weiß ich nicht – beträchtliche Gewinne bescherte) und niemand mehr einen vollständigen Überblick darüber hatte, was wo verkauft worden ist.

Das mag der Grund dafür sein, daß von beiden Werken Dong Yingmings – mehr existieren nicht –, die bei Romanciers und Lesern weltweit für Aufsehen sorgten, keine offiziellen Daten vorhanden sind. Nicht ausgeschlossen ist auch, daß ich den Namen des Autors nicht exakt im Kopf habe, daß ich mich bei dem einen oder anderen Zeichen vielleicht verlesen habe.

Oder sollten weltweit die Liebhaber der Werke Dongs seinen Namen gelöscht haben, so daß er bei keiner elektronischen Suche mehr aufscheint? Das freilich wäre im engen Netz unserer Gesellschaft, in der niemand mehr seine Daten löschen kann, ein Wunder, das nur zu bejubeln wäre.

Aber in meinem Kopf, verehrte Leser, ist Dongs Roman noch da. Die Daten sind vielleicht weg, die Schuld aber, einen Roman geschrieben zu haben, kann nicht gelöscht werden. Ist der Roman einmal gelesen, bewirken all die Kniffe, die ich im vorigen beschrieben habe, daß der Leser sich im Kopf von der Realität entfernt. An Illusionen gefesselt, lebt er den Roman, den der traumerwachte Autor real geschrieben hat, als Alptraum.

Alpträume leisten Vorschub – der Nation, dem Mord, der strukturellen Gewalt. Denn die wahrhaftig absurde Macht, aus nur als Lineamente, »nur als Stäbe« geschrieben werden könnenden Texten die Illusion entstehen zu lassen, eine plastische Welt genossen zu haben, verbindet sich unmittelbar mit der Macht der Suggestion und Manipulation.

Deshalb dürfen wir nicht müde werden, gute Romane an den Pranger zu stellen.

Denn gute Romane werden, ohne daß es jemand merkt, mißbraucht, und gute Schreiber können nicht aufhören zu schreiben, selbst wenn sie sich dieses Mißbrauchs bewußt sind.

Verehrte Leser! Wir sind Menschen, die ein zweites Mal geschlagen worden sind. Nach einem langen kriegerischen Konflikt. Wir müssen aus dem Alptraum erwachen!

Drehen wir also die Zeit zurück.

Als drehten wir die Welt, die Romane hervorbringt, auf ihre Linearität zurück.

Gehen wir zurück in den Raum und die Zeit, als der unfreie Autor, der nur linear schreiben kann, noch frei war und gar nichts schrieb.

In die Zeit, bevor er anfing, »traumerwacht« zu schreiben.

Und dann fangen wir noch einmal von vorne an. Löschen die zu Einzellineaturen gewordenen Zeichen aus unserer Geschichte. Und suchen zugleich nach einer Methode, pluralisch zu schreiben. Verwirklichen wir, was die Menschheit schon abgeschrieben hat: eine neue Methode des Schreibens!

Die elende Wiederholung des immer selben ist vorbei!

Zu diesem Zweck werde ich mir den *Aufruhr im Mondpalast* präzise ins Gedächtnis rufen, auf seine Linearität zurückführen und einer grundlegenden Kritik unterziehen.

Und ich werde den Roman des Inhalts, wie ich im vorigen dargelegt habe: *je nach Hörer verändert sich die Geschichte,* als Vehikel benutzen, über eine »Methode pluralischen Schreibens« wenigstens nachzudenken. Denn Dong Yingming gibt durch sein Erzählen womöglich einen Fingerzeig.

Nein, nicht wenigstens. Ich werde jeden Tag schwächer. Nicht zuletzt für die unzähligen Menschen, die draußen ums Leben gekommen sind, muß ich, müssen wir der Methode, die uns einen Neuanfang erlaubt, *sofort* habhaft werden.

Bevor mein Altern die Talsohle erreicht.

»Vom tiefen Grund des Alterns kehren die Jahre und Monde nicht wieder«. Es ist, wie Koreyoshi no Harumichi, der vom großen Bai Juyi beeinflußte Dichter des ostperipheren Archipels, schreibt: Am Ende, scheint mir, verliert die Zeit ihr Licht und muß in der Schwerkraft zu nichts zerschrumpfen.

*

Wenn die an den Flankenflecken in den Farben des Regenbogens schillernden Rotgrundeln zum Lesen die Köpfe in die schwarzen Algen steckten, kochten die heldenhafte Yang Chunzhan und der von Wind und Wetter tangbraun gegerbte alte Fischer am Strand die abgelesenen Teile, heißt es in dem Roman.

Sie schöpften Meerwasser in einen großen Kessel, entfachten mit angeschwemmtem, in der Morgensonne getrocknetem Holz ein Feuer, indem sie Stückchen davon so lange rieben, bis Funken sprühten, und dann warf die noch kleine Heldin, so wie der alte Fischer es sie heimlich gelehrt hatte, die im Meer ertauchten Algenstückchen in das brodelnde Wasser.

Die Algen färbten sich dann augenblicklich frischgrün, und nur die von den Rotgrundeln versehrten Stellen behielten ihr schwärzliches Grün. Das habe vielleicht mit den winzigen Mengen Gift zu tun, die den wie Muschelchen aussehenden Zähnen der kleinen Rotgrundeln entflössen, schreibt Dong Yingming.

Die heldenhafte Yang Chunzhan war in dem Frühjahr erst vier Jahre alt geworden. Lesen konnten in dem Dorf nur ihre Mutter und sie, heißt es. Daß sie mit vier Jahren schon auf den Meeresgrund tauchte, Algen kochte und eine lange Erzählung las, unterstreicht, wie passend ihr Beiname »die Heldenhafte« gewesen ist.

Daß die vielen merkwürdigen Geschichten, auf die sie in den Dutzend Jahren danach an den verschiedensten Stränden stieß, das in Dutzend Jahrhunderten von Tang zu Tang übertragene Meisterwerk *Aufruhr im Mondpalast* gewesen sind, ist ein Mysterium. Und doch zwingende Notwendigkeit. Denn als die kleine heldenhafte Yang Chunzhan zum erstenmal darin las, stand auf einem der Algenblätter: Dies liest die Protagonistin, die heldenhafte Yang Chunzhan.

Die dem salzigen Meer entrissenen Algen waren, recht überlegt, nicht paginiert, die heldenhafte Yang Chunzhan las sie in der Reihenfolge der schönen Färbung, die sie beim Kochen annahmen, und nicht irgendwie geordnet. Was heißt, daß der Anfang der Geschichte – »Wie Sie wissen, schwimmen die Fische bei Flut aus den dunklen Tiefen der Tiefsee ins Seichte, legen sich bäuchlings auf die Felsen und lesen Bücher« nicht unbedingt der Anfang des von den Fischen gelesenen langen Textes sein muß.

Es wird Fische geben, die der Meinung sind, er beginne richtigerweise mit dem quasi epigraphischen »Dies liest die Protagonistin, die heldenhafte Yang Chunzhan«, während andere das gewiß lachend abtun werden, nein, dieser Satz sei gerade der allerletzte. Sie sollten also, wenn Ihnen die Geschichte als Buch unter die Augen kommt, wenigstens die Seiten vertauschen, können es getrost auch zerreißen oder von hinten nach vorne lesen. Auch einzelne Zeichen dürfen nach dem Lesen in den Wellen verschwinden und irgendwohin fortgetragen werden.

Denn so ist diese Geschichte immer gelesen worden.

Sie haben das doch bestimmt auch schon einmal gesehen: Kleine Fische, die an Algen nagen. Die sich von oben nach unten, von unten nach oben und seitwärts bewegen und plötzlich, wenn aufgrund der

Photosynthese von den glitschigen Algenflächen Sauerstoffbläschen aufsteigen, mit diesen Satzzeichen das Lesen einstellen und wegschwimmen. Das brauchen Sie bloß zu imitieren.

Wie Sie am Ende vorgehen, sei Ihnen überlassen, doch hier zu erzählen, was denn eigentlich genau die kleine heldenhafte Yang Chunzhan am Strand als ihre Geschichte zu lesen begann, geziemt natürlich nur mir, der heldenhaften Yang Chunzhan.

Also, Sie dort, hören Sie gut zu.

Der Geschichte, die die Rotgrundeln gelesen haben.

Auch ich bin mit ihr großgeworden.

Der Mondpalast ist der Palast im Mond, und von dort, sang mir meine Mutter allabendlich als Schlaflied vor, sei ich gewiß herabgekommen, denn als sie mich empfing, sei Vollmond gewesen und auch volle Flut, von Silber überglänzt.

Als der Vater, der auswärts arbeitete und nur für ein paar Tage nach Hause gekommen war, hörte, daß die Mutter schwanger sei, habe er stolz »Dreifachtreffer« getönt, das auf ein Banner geschrieben, sei damit in die nächste Schenke gezogen und habe immer wieder nicht gesagt, sondern ebenfalls gesungen, mir sei eine glänzende Zukunft beschieden, so glänzend wie der Mond.

Daß ich, die heldenhafte Yang Chunzhan, so laut meine Stimme erhebe, liegt daran, daß ich unzweifelhaft das Kind meines Vaters und meiner Mutter und damit, wie ich auch vor Gericht vorgebracht habe, rechtmäßiger Abkömmling der nicht nur im Dorf, sondern in der ganzen Provinz reichsten Familie, der Familie Yang.

*

Wenn der Mond scheint, glänzt auch das Meer.

Fährt der *Aufruhr im Mondpalast* fort. Wie gut ich mich doch an diesen Roman erinnere! Und wie klar das geschriebene Meer in meinem Kopfe wogt und glänzt!

Ein besonders intensiver Streifen Licht zeigt auf die Person, die am Strand steht. Wohin das silberne Band sich auch bewegt, es tut es immer in gerader Linie; in meinem Dorf nannte man es »das Tuch des Mondes«, und man glaubte, daß darin in riesigen Lettern das ganze Leben des Menschen eingewoben sei, von seiner Geburt bis zum Tod.

»Das sagte man in meinem Dorf auch!«

»So stammt Ihr, werter Reisender, also vom Meer?«

»Ja, von einem Eiland im Norden von Hainan.«

»Oh, welch schöne Überraschung! Dann kennt Ihr wohl gar auch die in Tang geschriebene Geschichte?«

»Gelesen habe ich sie nicht. Ich wußte nicht, daß der Tang beschrieben ist, und selbst wenn: Ich hätte sie nicht lesen können.«

Die Umstehenden lachten herzhaft.

»Was Ihr nicht sagt, Väterchen! Doch seid unbesorgt. Wir erzählen Euch jetzt alles, was darin geschrieben stand.«

Mir, der heldenhaften Yang Chunzhan, wurde mithin zweimal ein ungewöhnliches Leben vorhergesagt, in meiner Geschichte, die die Rotgrundeln in der Tiefe des Meeres lasen, und in meiner Geschichte, die der Mond silberhell auf die Oberfläche des Meeres legte, und jetzt erzähle ich dieses abenteuerliche Stück Dir.

Soweit der Anfang des Romans.

Als ich diesen Roman las, war ich zwar verblüfft von der oralliterarischen Patina, die in ihm steckt, nahm in seiner komplexen Schachtelstruktur, die es schwer macht zu entscheiden, was bis wohin als real aufzufassen ist, aber auch den Ton des Gegenwartsromans wahr, war, um ehrlich zu sein, fasziniert und zugleich alarmiert: Dies war ein *Roman*.

Damals schon spürte ich, daß er das ganze lügnerische Geschick enthält, das die Herrschaften des wichtigen Amtes der Asiatischen Union schließlich zu ihrem nur recht und billigen Verbotserlaß veranlaßte, wollte, daß man die Menschen nicht weiter solch verzerrten Realitätsvorstellungen aussetze, litt und bebte vor Zorn.

Verehrte Zuständige, sind Sie immer noch der Ansicht, daß ich durcheinander sein muß, daß meine Erinnerung mich trügt?

Ich habe mir die nötige Zeit genommen, mich getreulich zu erinnern, und in höchster Konzentration den Text, den ich früher einmal studiert habe, so präzise wie möglich wiedergegeben. Im übrigen könnte kein Roman den meinen unähnlicher sein. Das sehen Sie, wenn Sie die Güte haben wollen, ihn mit den fünfundzwanzig zu vergleichen, die ich bis zu meiner Inhaftierung geschrieben habe, sofort.

Hätte ich eine Stimme, brächte ich das auch gern dem Herrn Beamten zu Gehör, der den »Prinzen« abgelöst hat.

Und natürlich dem mir als Herr Liang bekannten Herrn Aufseher. Sie, der brillante Beamte dieser Haftanstalt, verstehen das gewiß.

Warum sollte ich, so oft [redacted], daß ich körperlich am Ende bin, Lügen zu Papier bringen?

Wie lange befinden wir Menschen uns schon in dieser Krise, die das Land ruiniert, die anderen Ländern Krieg bringt, die uns die Wirklichkeit fliehen läßt, die uns, dies vor allem, irrationale Welten vorgaukelt, in denen Romanfiguren einfach mit dem Leser den Platz tauschen, in denen man uns qua Verwendung des Imperfekts vormacht, etwas sei entschieden und völlig real, in denen man vortäuscht, anderen ins Herz sehen zu können, in denen man fremde Menschen fremder Länder oder auch Fische, Vögel, Felsen und Bäume sprechen läßt, wie lange schon läßt man uns das glauben, befeuert unsere Phantasie, macht uns vor, Schrift sei allmächtig?

Auf dem ostperipheren Archipel gibt es niemanden, der das Romanverbot so sehr begrüßt wie ich. Noch weniger jemanden, der so stringent dessen Billigkeit darlegen kann. Und dennoch glauben Sie mir nicht, hegen beim Lesen allüberall Zweifel, [redacted]ieren unerwünschte Zeichen, [redacted]ieren meine Beine, geben mir jede zweite Nacht das Hirn weiß ver[redacted]nde [redacted] in die schon völlig verhärteten Unterarme, so daß ich morgens beim Aufstehen an den Beinen, an den Armen, am Nacken, am ganzen Körper [redacted] habe, [redacted]. Gleichwohl habe ich weiter für *Requies* geschrieben, was Sie wünschen.

Ich schreibe. Ich habe geschrieben. Ich habe die ganze Zeit geschrieben.

Dafür lebe ich.

Nur eines noch, Herrschaften.

Rief die Protagonistin Yang Chunzhan von der Kiste, auf der sie immer noch stand, an der Straßenecke der von ihrem Bergdorf fünf Fußstunden entfernten Ortschaft:

Ob ich das, was ich zu Gehör gebracht habe, selbst erlebt habe, ob es die Geschichte ist, die die Rotgrundeln gelesen haben oder jene, die auf dem Lichttuch des Mondes stand, weiß ich nicht mehr so genau, von dem großen Bären, den ich heute morgen im Wald erlegt habe, habe ich sie jedenfalls nicht, und man hat sie mir auch nicht ins Gedächtnis geritzt, als ich als Vierjährige ins Meer tauchte und ein Jahr lang darin verschollen war.

Hoch oben an einem Hang der Qinglang-Berge gibt es eine grün überwucherte Tropfsteinhöhle, in der auf einem bequemen, natürlich entstandenen Stuhl ein Erhabener sitzt.

Ich nenne ihn, da man ihn seit jeher so nennt, Meister Zhou, und er ist seit tausend oder zweitausend oder zehntausend Jahren dort und hat die Höhle nie verlassen. Im Frühling wie im Winter schaut

Meister Zhou aus seiner Höhle auf den Wald hinunter, und weil er auch das zwischen den Bergen schimmernde Meer sieht, kann er auch die in das Tuch des Mondes eingewobenen riesigen Lettern lesen.

Vor Hunderten von Jahren soll jemand von Meister Zhou gehört haben, daß diese Lettern von jemandes Hand stammen und daß sie die ganze Zukunft gegenteilig anzeigen, von der Personalpolitik im Beamtentun der Han-Dynastie über den Langen Marsch der Kommunisten bis hin zu den kleinsten Gesetzesklauseln. Wenn dort stand, daß der Eunuch Liu Soundso im Rang um eine Stufe fiel, stieg er folglich um einen Rang, und wenn es im Letternteppich hieß, daß die Rote Armee die Stadt Irgendwo vor der Nationrevolutionären Armee eingenommen habe, bedeutete dies im Gegenteil, daß sie ihr entrissen wurde.

Da es für Meister Zhou nichts Neues war, daß im Lichttuch des Mondes die Ereignisse dieser Welt kopfständig eingewoben waren, soll er seit je mit dem Rücken zum Eingang seiner Höhle gesessen haben, auf den sich vor ihm erhebenden niedrigen Tisch, in den er neun mal zehn sich kreuzende Linien geritzt hatte, Spielfiguren gestellt und mit einem Hocherhabenen namens Meister Qin, der jetzt nicht mehr dort weilt, Xiangqi gespielt haben. Der ur-uralte Meister Qin, ganz in Weiß gekleidet, obwohl er an einem Bein ständig blutete, verlor hinter seinen fast geschlossenen Augen die Hand, mit der Meister Zhou zog, nie aus dem Blick.

In der Zeit zwischen den Partien, die Jahrhunderte zu messen schien, stellten die Meister zu beiden Seiten des mittig eingravierten großen Flusses Pferde auf, Soldaten, Kanonen, Generäle und Elefanten und schufen so die kosmische Ordnung.

Alles, die realen Städte und die Dörfer und die Hungersnöte und die Feuersbrünste und die Kriege und der Aufstieg und der Niedergang der Beamten wurde mithin auf dem Brett vorhergesagt.

In unserem Land hat das jeder schon einmal gehört. Denn es ist keine Legende, sondern die Wahrheit.

Allerdings soll sich bei dem Spiel einst eine außergewöhnliche Situation ergeben haben. In der Partie, die die beiden Meister spielten, waren abgesehen von den unabdingbaren Generälen nur noch je zwei Soldaten, das heißt Bauern auf dem Brett, auf je benachbarten Feldern, so daß, da jeder gezogene Bauer unweigerlich sofort von einem gegnerischen Bauern geschlagen würde, nur noch – und ohne einen Zug zu wiederholen – die Generäle bewegt werden konnten.

Wenn Städte und Dörfer und Küstenflecken zum Stillstand kommen, verlieren die Menschen und Tiere und Fische und Vögel, selbst wenn sie merkwürdigerweise weiterleben, ihre Lebendigkeit. Als die beiden Generäle, die Könige der Welt, sich mühsam übers Brett schleppten, erschöpfte sich mit ihnen im immer selben Vor und Zurück das Yin und Yang des Kosmos, und es gab keine Hungersnöte und keine Feuersbrünste und keine Kriege und keinen Aufstieg und Niedergang der Beamten mehr.

Wer diese tausend Jahre währende Welt zerschlug, war meine, der heldenhaften Yang Chunzhan Urahnin Yang Yuchun, die erste der heldenhaften Yangs. Die Heldin, die genug hatte von der öden Welt, ging in die Wälder, trat die nicht wachsenden Bäume um, vertrieb die Wolfsrudel, indem sie ihnen bloß drohte, sprengte Quellen, änderte den Lauf von Flüssen, stieß schließlich auf die Tropfsteinhöhle, sprang hinein, zerschlug die Grenzlinien des großen Flusses inmitten des neun mal zehn gekreuzte Linien umfassenden Gevierts, packte Meister Qin, nur weil er weiter hinten saß, am Kragen und schleuderte ihn aus der Höhle, hin zum weit entfernten Meer. Pfeilgerade schnellte Meister Qin durch die Luft.

Meister Qin soll seitdem seine Züge in das Lichttuch des Mondes weben und so dem weit, weit entfernten Meister Zhou zur Kenntnis bringen.

Beim Spiel am Brett sieht man und zeigt man die Welt aus diametral entgegengesetzter Position. In der Welt, in der die beiden Meister ihr Spiel qua Schrift fortsetzen, muß mithin der vom Meer kommende Sinn stets sein Gegenteil sein. So ist es, sagt Meister Zhou. Sonst ergibt sich kein Wechsel von Yin und Yang, sonst wird es keine Partie.

Und weil die ins Lichttuch des Mondes gewobene Schrift in ihrer silbernen Durchlässigkeit auch von den Fischen und Algen darunter gelesen wird, ist die von den Rotgrundeln direkt von den Algen abgelesene Geschichte vielleicht jene, die Meister Qin einst eingewoben hat, jene, deren Wörter die Welt in Umkehrung zeigt. Die Geschichte, mit einem Wort, die ich, Yang Chunzhan lese. Meine Geschichte.

Daß übrigens unmittelbar, nachdem meine Urahnin, die erste der heldenhaften Yangs, die Heldin Yang Yuchun so gewütet hatte, Meister Zhou sie bestrafte, so wie sie Meister Qin bestraft hatte, indem er immer wieder einen Zinnstab auf ihre Beine sausen ließ und ihr wie in Kopie der Sterne des Großen Wagens mit der Spitze desselben Stabs auf dem Rücken sieben Wunden beibrachte, so daß sie fortan jede Nacht unter fürchterlichen, sie bis ins Mark durchdringenden Schmerzen litt, sie aber gleichwohl weiter die Welt durchwütete, ist eine andere Geschichte.

Heute aber, verehrte Herrschaften der Provinz Hainan, haben wir die letzte Oktobernacht des Schaltjahres. Das Weltall dehnt sich um eine Zeit, und deshalb will ich Ihnen ausnahmsweise dies hier zeigen. Sagte ich, die heldenhafte Yang Chunzhan, warf, ohne mich darum zu kümmern, daß die Umstehenden meine schweren Brüste sehen konnten, meinen alten, wattierten Baumwollüberwurf ab und drehte mich um.

Mein großer, weißer Rücken war voller Punkte und Striche, und die schweißbewegte Haut zeigte den Großen Wagen, direkt unter dem Nacken den Himmelsherrscher, das heißt den König der Welt, den Polarstern, und viele andere nie gesehene Sternbilder.

»So empfängst du also immer noch die Strafe deiner Urahnin?« fragte laut der Mann vom Strand.

Ich, die heldenhafte Yang Chunzhan, antwortete, ohne meine Pose zu verändern: »Vielleicht. Aber meine Urahnin kann auch immer ich gewesen sein. Das wäre wieder eine andere Geschichte. Aber, verehrte Herrschaften, wenn das, was Meister Qin ins Lichttuch des Mondes gewoben hat, so auf uns gekommen ist, dann bin ich in Wirklichkeit keine Frau, sondern ein Mann oder dergleichen, dann ist einst jetzt, dann ist dies keine Komödie, sondern Spott, dann ist Wahrheit Lüge.«

Da erhob der Mann vom Strand seine Stimme, so wie eine Möwe über die Wellen kreischt, und rief, als klagte er mich an, dann bist du –

»Heldenhafte Yang Chunzhan! nicht die Erzählerin einer hehren Legende, sondern ein schamloser Roman, der für Geld seine Brüste zeigt! Dann bist du selbst Roman!«

Worauf die heldenhafte Yang Chunzhan gesagt haben soll, als pustete sie sich eine Mücke aus dem Gesicht: »Was ist schlecht an einem Roman?«

Im selben Moment rauschten unzählige Vögel heran, verdunkelten die Sonne und überzogen alles mit weißem Kot.

ENDE DES TEXTES 450
BESTATTUNG VON NUMMER 86 IM SAMMELGRAB

Nachwort

Seiko Ito oder, um die im Text bei allen japanischen (und chinesischen) Namen bevorzugte traditionelle Reihenfolge Familienname – Vorname beizubehalten, Ito Seiko, mit Angabe der Langvokale Itō Seikō, ist Musiker, Schauspieler, Stückeschreiber und in Japan seit Jahrzehnten etablierter Schriftsteller. 2013 erhielt er für seinen Roman *Sōzō-rajio* (»Radio Imagination«) den Yukio Mishima-Preis, den Noma-Preis und den Preis des japanischen Buchhandels. Das Buch wurde ins Französische und Italienische übersetzt, außerdem, wie auch Itōs Miszellenband *Botanical Life – Das Leben der Pflanzen*, für den er 1999 den Kōdansha-Essaypreis bekam, ins Chinesische. Beiden Werken begegnen wir auch in dem zuerst 2017 in der Zeitschrift *Subaru* und im Folgejahr als Buch erschienenen Roman *Das Romanverbot ist nur zu begrüßen*, der aus der dystopischen Zukunft des Jahres 2036 die Gegenwart (und nahe Zukunft) erzählt: Der 75jährige, mithin wie Itō Seikō im Jahr 1961 geborene Erzähler-Häftling gibt sie in *seinem* »Das Romanverbot ist nur zu begrüßen«, dem Manuskript, das er auf Wunsch bzw. unter Duldung der Besatzungsmacht, der »Asiatischen Union«, für eine Gefangenenzeitschrift schreibt, als die seinen aus. Auch auf weitere Werke Itōs wird verwiesen: auf »Nase und Maske« (*Hana ni hasami-uchi*, 2014), auf die »Nicht existenten Romane« (*Sonzai shinai shōsetsu*, 2013) und auf den »interpretatorischen Aufsatz« in Band 10 der Gesammelten Werke Nakagami Kenjis (2018). Der Ich-Erzähler hat, wie man sieht, mit seinem Autor einiges gemein. Auch äußerlich: Er sieht aus wie (Itō, der aussieht wie) Futabatei Shimei. Man schaue sich, wie im Text empfohlen, die Fotos an.

Anders die *Filagen für Anfänger* und die *Unzeitgemäßen Filagen,* auf die der alte Häftling zurückgreift, um »die Schädlichkeit belletristischen Schreibens« zu beweisen. Sie sind natürlich, wie sich schon aus den Erscheinungsdaten 2021 und 2023 ergibt, fiktiv, ebenso wie – auch hier: natürlich – der zu demselben Zweck analysierte, »weltweit populär gewesene« chinesische Roman *Yuegongdian baozou,* der *Aufruhr im Mondpalast.*

Alles andere, von zwei, drei »Kopfständigkeiten« abgesehen, ist »echt« – die Namen, die Werktitel, die Zitate, von Koreyoshi no Harumichi über Watanabe Naomi bis zu Itsuki Hiroyuki, von der »Geschichte der 47 herrenlosen Samurai« bis zu den »Träumen aus zehn Nächten«.

Aus Europa treten offen, wenn auch in unüblicher Kanji-Verschriftung sinojapanisch verbrämt, nur Montaigne, Kafka, Gide und Martin Luther auf. In allen anderen Fällen, den amerikanischen vor allem, in denen aus romanintrinsischen Gründen die Namen nicht genannt werden können – bei Melville (und seinem Schreiber *Bartleby*), bei Hemingway, bei Benedict Anderson (dem Autor von *Die Erfindung der Nation;* englisch *Imagined Communities. Reflections on the Origin and Spread of Nationalism*) –, sind aber die im Text gegebenen Hinweise deutlich genug, so daß, außer vielleicht bei dem »für seinen Wahnsinn und seinen Suizid berühmten« französischen Schriftsteller (Raymond Roussel), nirgendwo geraten oder »entschlüsselt« werden muß. Beckett, Sterne (*Tristram Shandy*) und Bolaño (*Die wilden Detektive;* aus dem Spanischen von Heinrich von Berenberg) sind ebenso leicht aufzufinden wie Ferdinand de Saussure und Marcel Duchamp, auch dessen Schachstudie (*L'opposition et les cases conjuguées sont réconciliées*). Das muß hier nicht weiter ausgeführt werden.

Nützlich mögen dagegen einige Hinweise zu den im Text erwähnten japanischen Werken sein. Einige davon liegen auf deutsch vor. Von Natsume Sōseki sind das *Sanshirō* und *Sore kara* sowie *Yume jūya,* die »Träume aus zehn Nächten« (die in der Übersetzung von Jürgen Berndt übrigens nicht viermal, sondern fünfmal mit »Ich träumte« beginnen). (Das ausführlicher herangezogene *Kōjin* gibt es leider nur auf englisch (*The Wayfarer,* übersetzt von Beongcheon Yu).) – Die *Aufzeichnungen aus meiner Hütte* des Kamo no Chōmei und das angedeutete *Kopfkissenbuch* der Hofdame Sei Shōnagon kann man in gleich mehreren deutschen Ausgaben nachlesen. – »Das Stelldichein« ist ein Stück aus Turgenjews *Aufzeichnungen eines Jägers,* das Futabatei Shimei 1896 aus dem Russischen übersetzte; der zitierte deutsche Anfangssatz (»Im Herbst, um die Mitte September, saß ich einmal in einem Birkengehölz«) stammt aus der Übersetzung von Alexander Eliasberg. – Nagai Kafūs *Romanze östlich des Sumidagawa* wurde von Barbara Yoshida-Krafft übersetzt. – Tanizakis »Biographie der Frühlingsharfe« findet sich in der von Walter Donat besorgten Anthologie *Die fünfstöckige Pagode. Japanische Erzählungen des 20. Jahrhunderts.* – Schließlich: Mishima, der einzige japanische Autor, dessen Namen die Zensoren des Mutterlandes dem schreibenden Häftling nicht durchgehen lassen: Er wird geschwärzt. Mishimas Tetralogie *Das Meer der Fruchtbarkeit* wurde von Siegfried Schaarschmidt ins Deutsche gebracht. Der von Itō nicht erwähnte vierte Band heißt *Die Todesmale des Engels.* Die zitierte Beschreibung der thailändischen Prinzen findet sich in der Goldmann Taschenbuch-Ausgabe von *Schnee im Frühling* auf S. 54.

*

Das Romanverbot ist nur zu begrüßen ist ein sogenannter Oulipo-Roman *(L'Ouvroir de Littérature Potentielle),* das heißt der Autor legt sich Schreibfesseln an. Bei Itō sind es gleich drei: Er verzichtet, erstens, auf die Verwendung des Katakana-Syllabars. Das heißt unter anderem, daß im japanischen Text so gut wie keine aus abendländischen Sprachen, insbesondere dem Englischen entlehnten Fremdwörter auftauchen: kein »Computer«, kein »Internet«, kein »Beton« *(konkuriito,* aus *concrete*). Diese Wörter – all diese Wörter – werden durch sinojapanische ersetzt, zum Teil durch antiquierte, zum Teil durch neu geprägte, und per Kanji (chinesische Schriftzeichen) verschriftet. Mitunter gibt Itō in Hiragana – üblich wären auch hier Katakana – Lesehilfen bei. »Frankreich«, um ein einfaches Beispiel zu geben, erscheint nicht wie in modernen Texten sonst überall als フランス, sondern als 仏蘭西, mit der Lesehilfe ふらんす. Die deutsche Übersetzung verfährt entsprechend: Sie verzichtet auf offensichtlich aus dem Englischen entlehnte Wörter, hat also ebenfalls weder »Computer« noch »Internet«, und greift für chinesisch Überzeichnetes vornehmlich auf lateinisch-griechisches Sprachmaterial zurück. Wörter nicht-englischer Herkunft dagegen, »Beton« oder »Hyazinthe« zum Beispiel, sowie aus nicht-fremdsprachlichen Morphemen gebildete wie »Fernsehen« (japanisch *terebi* テレビ, aus englisch *television*), die bei Itō, da normalerweise per Katakana verschriftet, ersetzt oder umgestaltet werden müssen, blieben unangetastet.

Zum zweiten verbannt Itō die Schriftzeichen für »Japan«, 日 und 本, die für sich »Sonne/Tag« und »Ursprung/Buch« bedeuten. Das führt unter anderem zu geschwärzten Datumsangaben und zum Teil gewitzten, zum Teil umständlichen sinojapanischen Umschreibungen. Die Schwärzungen bei allem »Japan«ischen (und »Amerika«nischen und so weiter) wurden in der Übersetzung getreulich übernommen. Nur das »Buch« und die »Bücher« sind nicht immer zu »Schriften, Druckschriften, Druckerzeugnissen« geworden, sie durften mit dem japanischen Wort *shoseki* 書籍 »Buch« und »Bücher« bleiben.

Drittens verwendet der schreibgefangene Itō »am Satzende nie das Imperfekt«. Das, i. e. »Imperfekt«, klingt unverfänglich, ist linguistisch gesehen aber falsch, oder sagen wir: nicht ganz richtig. Im Japanischen steht nur eine einzige Vergangenheitsform zur Verfügung, und auf die wird – satzschließend – durchgehend verzichtet. Zu bemerken ist allerdings, daß sich das satzschließende Präteritum im Japanischen sehr leicht vermeiden läßt, durch emphatische Präsenskonstruktionen wie *no da* oder Floskeln wie »ich erinnere mich (daß)« oder »ich weiß noch (daß)«, die, anders als im Deutschen, in der agglutinierenden (S-)O-P-Sprache Japanisch per definitionem das Satzschlußlicht bilden: Jeder Satz läßt sich auf diese Weise im Präsens beenden. Das übersetzerische Imperfekt ist keine perfekte, aber eine gangbare Lösung. Bisweilen »führt es zu unnatürlichen Satzkonstruktionen«, bisweilen knirscht es – wie eben auch im Original.

*

Zuletzt noch etwas Kalendarisches und ein Caveat. Das Kalendarische betrifft die kleinjahreszeitlichen Perioden von je fünf Tagen (»Pentaden«), die mehrfach die Kapitel einleiten. Sie gehen auf die in China, Japan und anderswo traditionelle Einteilung der scheinbaren jährlichen Sonnenbewegung in 24 Abschnitte von je 15 Grad zurück. Sowohl diese 24 Abschnitte wie auch ihre jeweiligen drei Untereinheiten von 5 Grad bzw. 5 Tagen haben eigene, jahreszeitlich geprägte Benennungen. Manche sind unmittelbar einsichtig, wie die »Zeit der Chrysanthemenblüte«, andere nicht. Aber keine der im Text genannten Pentadenbezeichnungen ist, wie man vielleicht annehmen könnte, erfunden. Weder die »Zeit, in der die Spatzen ins Meer tauchen und zu Venusmuscheln werden« noch jene, in der es die Fasane ihnen gleichtun und »zu großen Venusmuscheln werden«.

Das Caveat betrifft den Begriff »Roman«. Im Japanischen gibt es diesen Begriff nicht – beziehungsweise, umgekehrt: Es gibt einen Begriff für *alles* belletristisch Geschriebene: *shōsetsu*. Ob er eine Kurzgeschichte, eine Erzählung, eine Novelle oder einen Roman meint, entscheidet die Länge. Selbst kleine Formen wie Kawabatas *Handtellergeschichten* heißen im Japanischen: *shōsetsu*.

*

Das aus der Zukunft die Vergangenheit, das heißt *unsere Gegenwart*, die zwanziger Jahre des 21. Jahrhunderts kommentierende *Romanverbot* untersucht die Rolle des Literaten, des Künstlers, des Intellektuellen in Zeiten katastrophaler Umweltzerstörung und unmittelbar bevorstehender Kriege, in welcher Form auch immer diese ausgetragen werden. Es ist ein Plädoyer für die Freiheit von Kunst und Literatur, ein Plädoyer für das Recht auf freie Meinungsäußerung, und eine Eloge auf den Roman. Der alles kann. Man muß Itō Seikō dankbar sein.

Ein Wort des Dankes gebührt zuletzt Wolf Baus und Volker Klöpsch, die bei Sinologischem halfen, Hiromi Kigawa-Schlecht, die mich vor einigen übersetzerischen Irrtümern bewahrte, und dem in und bei allem unentbehrlichen M. Pete.

Jürgen Stalph